脳科学捜査官　真田夏希

エピソード・ブラック

鳴神響一

角川文庫
22782

目次

序章　悔　恨

@二〇一〇年一〇月一八日（月）

その店は横浜《よこはま》港の夜景が一望できる高台にあった。

夜風が少し冷たくなってきた時期だった。だが、テラス席は屋外用のストーブが音を立てて温風を送っていたので意外と快適だった。

前景にはライトアップされた港の見える丘公園の庭園がひろがっていた。

左手にはベイブリッジがわずかな曲線を描いて青白く輝き、右手には天に向かって何基か伸びた本牧埠頭《ほんもくふとう》のクレーンに点《とも》る航空障害灯が赤く光っていた。

夜空はよく晴れていて、横浜港の上空にもかなりの星が輝いていた。

「五条香里奈《ごじょうかりな》の三十路《みそじ》突入を祝って！」

上杉輝久《うえすぎてるひさ》ははしゃいだ声とともにグラスを高く掲げた。

「我ら二人のよき友人の幸福を祈って！」

織田信和《おだのぶかず》はきまじめな祝いの言葉を口にした。

三人はグラスを合わせて、一気に黄金色の液体を干した。

「ありがとう、二人とも。よき友に恵まれてわたしは幸せ」

香里奈はにこやかに微笑んだ。

上杉は香里奈の笑顔を見て満ち足りた気持ちになった。

色白の小顔で、鼻も口も小さめの造作だが、ちょっとアンバランスなくらいに瞳《ひとみ》が大きい。

三〇という歳を迎えても、香里奈の顔にはどこか少女っぽさが残っていた。

上杉はそんな香里奈の顔をこの上なく美しいものと眺めていた。

いや、上杉だけではない。

隣に座る織田もきっと同じ気持ちだ。

はっきりと口にしたことはない。

だが、二人とも彼女につよく惹《ひ》かれていた。

ボタニカル柄の華やかなワンピースや、ふんわりとしたショートボブのヘアスタイルにみせるフェミニンなお洒落《しゃれ》さが魅力なだけではなかった。

同期のキャリアのなかでもとびきり優秀であるばかりか、心根がまっすぐでやさしい女性だった。

　上杉は、警察庁に採用になってすぐの頃のことを思い出した。

　警察大学校で研修を受けている時期のある日のことだった。

　講義が終わった後の教場で、同期生たちが雑談していた。

　その日の講義は、警察組織におけるキャリアが持つべき矜持《きょうじ》にまつわる内容だった。

「ノンキャリアなんてのは結局、消耗品って考えたほうがいいってことだな」

　同期の一人があまりにも不遜《ふそん》な言葉を吐いた。

　もちろん講師はそんな話をしたわけではなかった。ただ、国と国民を守る警察官僚のあり方と警察組織の構造についての講義のなかで、ノンキャリアの話は出てきた。

　上杉は腹の底から怒りが湧き上がるのを感じた。

　その男の生っ白《ちろ》い顔を見ていると、胸がムカムカしてきた。

「おまえ、なに言ってるんだ？」

　つかみかかっていかんばかりの剣幕で上杉は詰め寄った。

「べ、別に……」

　男は声を震わせてとぼけた。

「そんな人を見下した意識で、これから仕事をする気なのかっ」

　だが、男はそっぽを向いて口を閉ざした。

「おい、返事しろよ」

　だが、相手は黙りこくったままだった。

このままだと相手を殴ってしまいそうだった。

上杉は鼻を鳴らして踵《きびす》を返すと、教場を後にした。

昼食のときに香里奈が声を掛けてきた。

「あの場から出て行ってほしくなかった。彼を徹底的に論破してほしかった」

香里奈は上杉の目をまっすぐに見て言った。

力強い視線に上杉はいささかたじろいで答えた。

「だけど、あいつを殴ったら、クビだからな」

「上杉くんの気持ちはよくわかるよ。でもね、上杉くんが出てった後に、彼に賛成するような意見を言ってる人も多かったの。わたしも腹が立って抗議したけど、みんなに鼻で笑われた。やっぱりああいう場面では、上杉くんにきちんと意見を言ってほしかったな。嫌でもあの場に留《とど》まってくれればよかった。あれじゃ、議論から逃げ出したのと同じことになっちゃうんだよ」

香里奈は心底から口惜しそうに言った。

「わかったよ……」

上杉はふてくされて答えた。

コワモテの上杉にこれだけはっきりと意見した同期生はいままで一人もいなかった。

実務に就いてからも二ヶ月に一度くらい、上杉と香里奈、織田の三人で集まっては酒を酌《く》み交わした。そんなおりには、上杉のこころの些細な浮き沈みもすぐに見抜かれてしまうのだ。こころが乾いているときに、さっとあたたかい言葉を掛けてくれる。それもさりげないこの上ない。

「秋って淋《さび》しいよね。だんだん寒くなるし。だけど、わたしは秋が好き」

「なぜなんだ？」

「だって、暖炉の火が愛《いと》おしくなるでしょ。人なつかしい気持ちになるじゃない」

あまり意味のある会話ではなかった。

だが、そんな言葉を聞いて、上杉のこころにはじんわりとあたたかいものが染みこんできた。稟議《りんぎ》書の起案で上司に叱られ続けて鬱々《うつうつ》としていたときのことである。

いまや上杉にとって香里奈は、何より大切な存在となりつつあった。

だが、面と向かって好意を伝えられる上杉ではなかった。

そんな照れくさいことは苦手だ。

神さまの采配《さいはい》で、なにかの偶然があっていつのまにか手と手が触れあい、しぜんと寄り添えるような日が来ないか。

さわやかな風の吹く丘の上で青い海を眺めながら……。

三〇歳の上杉はそんなことを願う奥手の男だった。

だが、上杉もほかの二人も仕事の上ではめきめきと成長し、それぞれの部署で実力を発揮しつつあった。

三人はすでに入庁八年。

香里奈は神奈川県警刑事部捜査二課の管理官、上杉は警察庁刑事局捜査一課の課長補佐、織田は警察庁警備局警備企画課総合情報分析室の課長補佐だった。

階級は三人とも警視で、順調だが出世競争での差もなかった。

ただ、香里奈だけは実際に捜査に携わっていた。というより、神奈川県警捜査二課のエースだった。

警察庁も忙しいが、現場の管理官も忙しい。

香里奈が小さくあくびした。

「寝不足じゃないのかな？　仕事忙しいの？」

織田がやさしい声で訊《き》いた。

「いま、ちょっと大きな事件を追っているの」

香里奈はかるくのびをした。

「やっぱり捜査指揮をとっているのか？」

上杉の問いに香里奈はうなずいた。

「二課長が指揮をとるのはよほどの場合だけね。ふつうの大物事件の捜査指揮は管理官の仕事だからね」

「どんな事件なのかな？」

織田の問いに香里奈はちょっと額にしわを寄せた。

「捜査上の秘密は言えるはずないでしょ。情報屋さん」

香里奈は小さく笑った。

「なんだよ、情報屋っていうのは？」

織田はちょっと顔をしかめた。

「だって織田くん、犯罪情報の解析してるんでしょ？」

「詳しいことは言えないよ」

「ほら、警備局は刑事部よりずっと秘密主義だよ」

香里奈はいたずらっぽい笑みを浮かべた。

「仕方ないだろ。警備事案は秘密保持が大事だから」

「わかってる。国家の安全を守る仕事は警察にとって何より大事だもんね」

香里奈は皮肉ではなく、まじめな顔で言った。

「国民の安全を守る俺たち刑事屋は、一段下の存在だからな」

上杉は自嘲《じちょう》的に言った。

「やめなさいよ、上杉くん。警察の仕事に上も下もないよ。どの部門だって大切。わたしはそう思って働いている」

「そうだな、五条くんの言うことが正しい」

織田はしれっと香里奈についた。

「おまえ調子いい男だな」

上杉はちょっとあきれた。

「県内の罪のない子どもたちのためにも、わたしは頑張らなきゃ」

香里奈は詠嘆するように言った。

上杉には香里奈のこの言葉の意味がわからなかった。

鹿児島県産黒毛和牛のローストを中心としたコースは、味つけも最高でボリュームもあった。

三人は満足してデザートワインを頼んだ。

今夜の会は、三人のなかで最後に三〇歳になった香里奈の誕生日を祝うために、上杉と織田で企画したものだった。

香里奈は山手《やまて》の谷戸坂《やとざか》近くに住んでいるので、この店からなら歩いて一〇分程度で帰れる。

だが、上杉と織田は都内住まいなので、タクシーで横浜駅に出たほうが帰りは便利だった。

横浜駅までタクシーに乗る約束を織田としていた。

織田がトイレに立った隙に香里奈が奇妙なことを言ってきた。

「ねぇ、上杉くん。ちょっと相談に乗ってもらいたいことがあるの。この後、少しだけ時間ないかな？」

ふんわりとした香里奈の表情は気持ちをつかみにくいものだった。

本当に相談に乗ってほしいのか。それとも別の事情があるのか……。

上杉の胸は激しく収縮した。

だが、時計の針は一〇時近かった。

東海道《とうかいどう》線の上りは意外と早く終わってしまう。相談に乗ってあげられるとしても一時間がいいところだ。

それに織田との約束を破って、香里奈と二人でこの店から消えるというのも気まずい話だ。

「明日《あした》はどうだい？　今夜は遅いし……」

香里奈の顔がパッと輝いた。

「そうね、明日も早帰りできる。七時に横浜駅の中央南改札横のびゅうの前でどう？」

「七時だね、課長に手錠掛けられても行くよ」

「ありがと。やっぱり頼りになるよね、上杉くんって」

織田が戻ってきた。

「織田くん、わたしちょっと読まなきゃいけない資料があるから先に帰るね。二人はのんびりしてて。ただし一一時にはタクシーに乗ったほうがいいよ。二人とも今夜は本当にありがとう。とても素敵なキラキラした想い出の時間になったよ。おやすみなさい」

香里奈は手を振りながら帰っていった。

「もう一杯だけ飲んでいこうか」

上杉は織田を誘った。

「ああ、いいね。まだ一時間は飲める」

織田にも異存はなく、二人はどっしりとしたフルボディの赤ワインを頼んだ。

いつになく織田が酔っている。

香里奈が帰ってから三〇分ほどした頃だろうか。

上杉のスマホが鳴動した。

香里奈かなと思ってなんの気なく上杉は電話をとった。

「あの、上杉輝久さんの携帯でよろしいですか」

聞いたことのない若い男の声だった。

緊迫感が漂っている。

「はい、上杉ですが？」

「こちら横浜市立みなと赤十字病院です」

「はぁ？」

「五条香里奈さんをご存じですね？」

「友人です」

「五条さんが交通事故で受傷され、当院に救急搬送されました。現在、緊急手術中なのですが……」

「なんですって！」

上杉は大声で叫んだ。

「非常に危険な状態です。あなたと織田信和さんのお名前と携帯番号が書かれたメモが五条さんの運転免許証に挟んでありましたので、緊急連絡先と思いまして」

全身から血の気が引くのがわかった。

「いますぐに伺います。横浜市立みなと赤十字病院ですね」

「はい、救急外来までお越し下さい」

「ありがとうございますっ」

電話を切った上杉はテーブルに突っ伏している織田の肩を揺すった。

「どうした？　なんの電話だ？」

織田は半分寝ぼけている。

「大変だ。香里奈が交通事故に遭ったんだ」

「なんだって！」

「横浜市立みなと赤十字病院で手術中だ。タクシー呼ぶぞ」

織田は真っ青になって首振り人形のように首をタテに振り続けた。

会計を済ませてタクシーが来るまでの時間、上杉は激しい焦燥感に襲われていた。

やがてタクシーが来た。

一〇分程度の待ち時間がやたら長く感じられた。

走り始めても赤信号のひとつひとつに上杉はいらだちを感じた。

織田は具合が悪そうで肩で大きく息をしている。

やがて運河を鷗橋《かもめ》で渡ると、右手に巨大な白亜の建物が見えた。

ほかの病院ではあまり見られないような救急科の広いエントランスの前にタクシーは着いた。

ドアを開けて外へ出ると、織田はその場にうずくまってしまった。

「どうした織田、しっかりしろ」

「少し休んでから行く」

織田は息も絶え絶えに言った。

こちらも心配だが、優先順位は決まっている。

「わかった、無理しないで休んでろ」

上杉は救急外来のガラスドアに突進するように走った。

受付で案内された方向に走る。

この病院には救急科にも立派な手術室があるのだった。

空色の手術着をまとった医師らしい男が向こうから歩いてきた。

同じ服を着た男女数人を引き連れている。

「五条香里奈の友人ですがっ」

上杉は必死の思いで叫んだ。

男は小さく首を振った。

「担当医です。手は尽くしたのですが……修復不可能な臓器が多くて……」

「ええっ」

大きく上杉は仰《の》け反った。

「先ほど亡くなりました」

「そんな……」

上杉は樹脂塗りの床に両膝《りょうひざ》をついた。

「お気の毒です」

医師たちは深々と頭を下げて立ち去った。

「ご案内します」

やさしい女性の声が響いた。

看護師らしい。

「お願いします」

上杉はふらふらと立ち上がると、女性に向かって頭を下げた。

ベッドに乗せられた香里奈は、眠っているように見えた。

だが、彼女の胸は波うってはいなかった。

「腹部がいちばんひどかったのですが、お顔はとてもおきれいです」

女性は深々と一礼して立ち去った。

「香里奈ーっ」

上杉はその場に立ち尽くした。

涙が頬を伝って襟元を濡《ぬ》らし続けた。

そっと上杉は香里奈の右頬に唇を捺《お》した。

初めての香里奈との接吻《キス》。

だが、香里奈の頬はわずかなぬくもりしか残していなかった。

「俺はこんなにも香里奈を愛していたのか……」

失って初めて香里奈の存在の大きさを知った。

香里奈のいない人生は、いままでとは違う時間軸となってしまいそうだった。

今夜、彼女の相談に乗っていればこんな悲劇は起こらなかったかもしれない。

もっと前に告白していたら、違う運命だったかもしれない。

だが、すべては後の祭りだった。

上杉はギリギリと音が聞こえるほどに歯嚙《はが》みした。

人間をいちばん苦しめるのは後悔という感情であることを思い知らされた。

そのとき、織田が駆け込んできた。

「か、香里奈はっ」

織田は息せき切って訊《き》いた。

ベッドサイドの丸椅子から立ち上がった上杉はかすれた声で首を振った。

「だめだった……」

「そんな……馬鹿な……」

絶句した織田は、香里奈のベッドに視線を移した。

彼女のバイタルサインを示すすべての波形は、すでにフラットだった。

「香里奈ぁ」

織田は頭を抱えて叫ぶと、へなへなとリノリウムの床に膝をついた。

上杉と織田は病院の霊安室と待合ロビーでひと晩を過ごした。

うつろなうつろな時間だった。

夜が明けると織田は休めない仕事があると力なく言って帰っていった。

上杉は北海道から遺族がやって来るまでは、香里奈のそばについていようと決めた。

彼女を一人きりにしたくはなかった。

一〇時過ぎに香里奈の職場である神奈川県警の人々が来た。

全員が黒っぽいスーツ姿だった。

「君は？　ご親族ですか？」

先頭に立った四〇代終わりくらいの男性が訊いた。

「いえ、キャリア同期です」

「ああ……それはお気の毒でした」

男性は線香を上げ、花を供えた。

ほかの数人がこれに倣った。

合掌している人々は沈鬱《ちんうつ》な面持ちだった。

だが、事故の詳しい状況を尋ねる人間はいなかった。

涙を浮かべたり嗚咽《おえつ》を漏らしたりする者も見られなかった。

ただ人々はそろって香里奈に向かって低頭した。

「部長の部下をお思いになるお気持ちには、この藤堂《とうどう》、こころから感動致しました。まことにありがとうございます」

静かな声で一人の男が礼を述べた。

「鍋島《なべしま》部長、お疲れさまです」

ほかの若い男が声を掛けると、年かさの男性は首を傾げた。

「君は誰だっけ？」

「捜査二課の阿部《あべ》です。お帰りも運転手をつとめます」

男はおもねるように笑みを浮かべた。

上杉には、職場内の世辞や追従《ついしょう》がいたく気に障った。

そんな形式的な弔問で点数稼ぎをしてほしくなかった。

上杉は香里奈の死が汚されたような気がして、不愉快きわまりなかった。

職場の連中が去ると、霊安室はふたたび静かになった。

「俺は君を愛していたんだ……なぜ伝えようともしなかったのか」

白布に包まれた香里奈に、上杉はつぶやくように語りかけ続けていた。

「俺は世界一の馬鹿者だ」

上杉の悔恨の繰り言がいつまでも霊安室に響いていた。

第一章　韜《とう》晦《かい》

【1】＠二〇二〇年一一月四日（水）

根岸《ねぎし》分室の執務室は例によってタバコの煙に満ちていた。

一二畳ほどの部屋の反対側の壁がかすむほどだった。

咳《せ》き込んだ織田は、いきなり苦情を言わねばならなかった。

「窓くらい開けたらどうなんだ」

「近くのマンション工事の音がうるさくてな」

ビニールレザーの安っぽいソファに座った上杉は平気な顔でタバコを吹かしている。

例によってオレンジ系のアウトドアシャツにマウンテンパンツというラフな恰好《かっこう》だった。

「わたしを燻《いぶ》し殺す気か」

舌打ちすると上杉は、タバコをカフェテーブルの灰皿に押しつけて消した。

上杉は立ち上がって道路側の窓を開けた。

天気もよくちょうど快適な時季なので、風が入っても寒いことはなかった。

窓の外から鉄骨にボルトを締めるようなインパクトドライバーの音が響いてきた。

煙はいくぶんマシになったが、部屋のなかはほこりっぽい。

開いたままのマンガ雑誌や、カップ麺《めん》の空き容器などが散らばって目も当てられない。

「いつに変わらず汚いな」

織田はあきれ声を出した。

「ほっといてくれ。仕事には支障はない」

「ダニがわいて刺されても知らんぞ」

「小舅《こじゅうと》みたいにうるさい男だな。女にもてないぞ」

窓際に立った上杉は眉間《みけん》にしわを寄せた。

「おまえの健康を考えて言ってるんだ」

「そんな無駄話をするためにわざわざ根岸くんだりまでやって来たわけじゃないんだろ。警察庁警備局の理事官ともなれば、スケジュールはびっちりのはずだぞ」

「神奈川県警に用があったんだ。五時から予定されていた警察庁の会議をひとつすっ飛ばしてきた」

「おい、大丈夫なのか」

「政策関連の会議なんでわたしがいなくともなんとかなるんだ」

「せっかく順調に出世してるのに、局長の覚えが悪くなるんじゃないか」

からかうような上杉の声だった。

「わたしたちには、いま、やらなければならないことがある」

織田は言葉に力をこめた。

「そうだな……」

まじめな顔に変わって上杉はうなずいた。

「いずれにしても、これからはここに来ることが増えるよ」

「ああ、いつでも来てくれ」

「土産だ」

織田はシウマイの折り詰めを差し出した。

「おお、こいつはすまないな。根岸へ来てから、こいつでビールを飲むのが楽しみになった」

上杉は顔をほころばせて折り詰めを受け取った。

「選んでいる暇がなくてな。東海道線のホームにある売店で買ってきた」

「そうか……だが、何も持ってこなくていいぞ」

冷蔵庫に折り詰めを入れて、上杉は代わりに二本の緑茶のペットボトルを取り出した。

緑茶をカフェテーブルに置くと、ソファにどっかと腰をおろした。

「ま、座れよ」

織田は上杉と面と向かって座った。

「やはりおかしなことが出てきた」

「ひき逃げ犯の荒木重之《あらきしげゆき》のことか」

「そうだ……背乗《はいの》りではないかという、わたしたちの考えはあながち間違いとは言えないかもしれない」

「本当か」

「問題を一から整理してみよう。まずは事故について振り返ろう」

「つらいな」

眉根を寄せて上杉はほっと息をついた。

香里奈の話になると、上杉は別人のように感傷的になる。

「ああ、わたしだってつらい……だが、すべてを直視しなければならないだろう」

「織田の言う通りだ」

上杉は目顔で続きを促した。

「平成二二年、つまり二〇一〇年の一〇月一八日午後一〇時七分頃、香里奈は自宅近くの谷戸坂で坂上から暴走してきたミニバンに撥《は》ねられた。通りかかった近くの住人の通報で横浜市立みなと赤十字病院に救急搬送されたが、内臓破裂による多臓器不全などのために午後一〇時五八分に死亡した。山手署の交通課交通捜査係が臨場してひき逃げ事案と判断。翌朝には山手署に捜査本部が立った。神奈川県警本部の交通捜査課が中心となって捜査に当たり、付近に設置されていた防犯カメラの映像と現場の車輛《しゃりょう》残存破片等から車種を判定した。だが、当該車輛は市内の修理工場等には入っていなかった。翌々日の早朝、津久井《つくい》郡水沢《みずさわ》村の山奥で縊死《いし》している荒木を地元の林業関係者が発見した。津久井署刑事課も臨場したが、香里奈の死を報道等で知った荒木が事故を苦にして自殺したものと判断した。香里奈の死は単なる交通事故として被疑者死亡のまま送検されて事件は終わった」

　黙って聞いていた上杉はゆっくりと口を開いた。

「捜査本部は過失による交通事故と判断したんだ。俺は神奈川県警の交通捜査課にいた男に何度も確認した。荒木は香里奈を撥ねたときに酒を飲んでいたらしい。防犯カメラの映像と目撃者の証言ではふらふらとした走行状態の末に事故を起こしたということだった。酒気帯び運転だったんで怖くなって逃げ出したと推測された。単なるひき逃げ事案で、それ以上の事件性はないとはっきり言われた。ところが、事故から数日後に津久井郡の山奥で荒木は首をくくって自殺した……」

「その自殺についても捜査本部できちんと調べたんだよな」

　織田の言葉に上杉はうなずいて続けた。

「ああ、他殺を疑うような怪しい点はなかったとされている。だが、荒木が自殺したことが、どうしても俺には引っかかった。と言うより、香里奈の死にどうしても納得できなかったんだ。だから、荒木のことを神奈川県警本部の捜査一課の知り合いに頼んで詳しく調べてもらった。だが、事故歴は一切なし、そのほかの犯歴もひとつもヒットしなかった。極左暴力集団や調査対象団体、暴力団などの反社会勢力とのつながりも見つからなかった。事前の行動にもとくに怪しい点は見られない。そう、捜査一課は答えてきた」

「上杉はあの頃、警察庁刑事局捜査一課の課長補佐だったからな。県警の捜査一課なんてあごで使えたんだろう。職権濫用だ」

織田は小さく笑った。

「まぁな……」

上杉はわざとらしくそっぽを向いた。

「いずれにしても、上杉が県警の捜査一課に調べさせた結果、荒木には疑う点なしという話だったんで、一〇年前のわたしたちは旗を巻いたんだ。だが、経歴が作られたものだとしたら、話は違ってくる」

「その通りだ。香里奈を轢《ひ》いた男が本当の荒木重之ではなかったとすると、すべてがひっくり返る」

「我々の仮説が単なる絵空事なのかを確かめる必要がある。そこで、荒木重之のことを洗い直そうと思って、わたしのかつての部下で、現在は神奈川県警の公安第一課にいる長谷川《はせがわ》という男に調べてもらっている」

「おい、公安を使っているのか。畑違いだろ」

上杉は驚きの声を上げた。

「いや。そんなことはない」

「だって、ひき逃げ事案なんだぞ。交通捜査課の所管じゃないか」

「いいか、わたしたちは荒木が荒木ではなく、ほかの何者かが背乗りをしていたという前提で事件を見直すことにしたんだ。背乗りとなると、交通捜査課には手に余る」

「そうだな。公安の領域だ」

納得したように上杉はうなずいた。

「長谷川も大いに乗り気で、しっかり動いてくれている。もし、背乗りだとなると、公安事案と関連する可能性が出てくる。北朝鮮や極左集団をはじめとするなんらかの組織が動いている可能性が大だ」

「たしかに背乗りなんてことは、個人でできるわけがない。なんらかの組織が動いているはずだ。まぁ、暴力団などの反社勢力だと公安の領域じゃなく組対《そたい》の領域だがな……だが、県警《うち》の公安がどこまで頼れるかな……警視庁の公安が動いてくれるといいんだがな」

警視庁公安部は制度上は一自治体の組織ではあるが、実質上は警察庁警備局の実働部隊であってノウハウも実力も抜きん出た存在である。ほかの道府県警の公安部とは明らかに一線を画している。

「上杉の言う通りだ。だが、警視庁の公安はこの件にまったく興味を示さなかったんだ」

「警視庁にも働きかけたのか」

「そりゃあ、使えるコネクションは使うさ」

「織田のほうがよっぽど職権濫用じゃないか」

上杉は面白そうに笑った。

「一〇年前は背乗りなんて思いもつかなかった。それにわたしもまだ力がなかったからな。今回は状況が違う。仕切り直しさ」

織田はまじめに答えた。

「冗談だよ。まぁ、長谷川という男に期待しよう。で……？」

織田の目をまっすぐに見て上杉は訊《き》いた。

「長谷川がもう一度洗い直すと、妙なことが出てきた」

「いったいなにが出てきたんだ？」

上杉は真剣な顔つきで尋ねた。

「まずは運転免許証だ」

かたわらのブリーフケースからA4判のコピーを出してカフェテーブルにひろげた。

免許証には、やせて頬の落ちくぼんだ陰気な感じの男がスーツ姿で写っている。

この男の顔を見たとたん、織田の胸には不快感がこみ上げてきた。

一〇年経っても、香里奈を喪《うしな》った心の傷は癒《い》えていないのだなとあらためて感じた。

「これは一〇年前にも見たぞ」

免許証のコピーを覗《のぞ》き込みながら上杉は不機嫌そうに言った。

上杉もまた、香里奈の死を乗り越えていないのだ。

「ああ、だが、もう一度見てくれ。荒木は平成一八年七月に初めて普通自動車運転免許を取得している。二六歳の時だ」

「俺は一八で免許を取ったが、なにも問題がないんじゃないのか」

「気になるのは本籍地なんだ」

「いまは表示されていないからな」

上杉はコピーに目を落として言った。

「平成一九年からICチップに記録するようになったんだが、調べてみたら、これが千葉県浦安《うらやす》市舞浜《まいはま》一番地一号……つまりは東京ディズニーランドなんだ」

「だが、本籍なんてのはどこにでも移せるぞ。ディズニーランドだって、大坂城だって、皇居だっていいんだ。日本の土地台帳の記載地であれば、きちんと転籍届を出せば有効だ」

「上杉の言う通り法的には問題がないんだが、実際にディズニーランドにしている人は少なかろう。荒木が本来の本籍地を隠したかったという意思も感じられなくはない」

「まぁ、そうかもしれないな。現住所はおかしくないのか」

「これは事故当時に住んでいた鶴見《つるみ》区のアパートで間違いはなかった」

「荒木は鶴見駅近くの建設会社に勤めていたんだったな」

「事故当時には鶴見区内の徳永《とくなが》ホームという小さな建設会社に一年ほど勤めていた。おもに経理事務を担当していたが、まじめな勤務ぶりで同僚との関係も良好だった。アパートの近隣住民との関係にも特段の問題はなかった」

「最後の一年間には怪しい点はないというわけか」

「そうだ。しかし、徳永ホームに勤める前の荒木のことがあいまいなんだ。どうもはっきりしないことが多い」

織田はふたたびＡ４判の用紙を取り出して言葉を継いだ。

「これが徳永ホームに保管されていた荒木の採用時の履歴書だ」

「残っていたのか」

上杉は驚きの声を上げた。

「幸い、徳永ホームの人事担当者は変わっていなかった。小さな会社なんで異動もないんだろう。長谷川が徳永ホームでコピーを取らせてもらったんだ」

「一〇年前の事故の時には見なかったな」

「いくらひき逃げと言っても交通捜査課が、犯人の経歴を調べはしないさ」

「そりゃそうだな。ヤツらは刑事じゃないし、経歴なんてふつうは必要がない。捜査一課の連中も事故当時の状況だけに専念して、履歴書までは調べなかったんだろうな」

「だが、背乗りを疑いだした以上は前歴を調べる必要が出てきたわけだ」

「そうだ。まぁ、見せてくれ」
身を乗り出して上杉は履歴書を覗き込んだ。

荒木重之（あらきしげゆき）
生年月日　昭和五五年（一九八〇）四月二八日（二九歳）
【住所】
神奈川県横浜市青葉《あおば》区鴨志田町《かもしだちょう》一三五二番地鴨志田グリーンハイム一〇八号
【学歴】
平成一〇年（一九九八）三月　神奈川県立横内《よこうち》高等学校卒業
平成一二年（二〇〇〇）三月　横浜ビジネス専門学校経理コース卒業
【職歴】
平成一二年（二〇〇〇）四月～平成一八年（二〇〇六）一月　株式会社モンサン物産
経理課勤務
平成一八年（二〇〇六）二月～平成一八年七月　在家庭
平成一八年八月～平成二一年（二〇〇九）六月　株式会社愛平《あいへい》住建経理課勤務
【資格等】
日商簿記検定試験三級　普通自動車運転免許
【賞罰等】

とくにありません

【志望動機】

御社の堅実な社風に魅力を感じており、自分の経理能力を活かしたいと考えました。

「配偶者や扶養親族はなしに○がついているな……思い出した。荒木が自殺した後の遺体の引き取り手がないって津久井署でぼやいていたんだったな」

「そうだ、荒木が死んだときに連絡のつく親族はいなかった」

「しかし、地味な経歴だな。この履歴書のどこが問題なんだ？」

上杉は首を傾げた。

「志望動機にも経理マンらしい堅実な言葉が書いてある。だが、この履歴書には疑おうと思えば疑える部分がいくつかある」

「どういう意味だ？」

けげんな顔で上杉は訊いた。

「裏が取れない経歴がいくつかあるんだ」

「話してくれ」

「まず、横浜ビジネス専門学校は平成一九年に閉校している。だから、荒木が在籍していた頃の学生の記録はない」

「なるほど、学籍簿などはすべてが廃棄済みだろうな」

「次にモンサン物産はおもにイタリアやスペインの業者を取引先とした輸入食材の専門商社なんだが、平成一八年一月に倒産している」

「そのせいで、平成一八年二月から七月は在家庭となっているんだな」

上杉はうなずいた。

「だが、この経歴も疑えば事実かどうかはわからない。モンサン物産の旧従業員を探し出せないことはないかもしれないが、大変な労力を要するだろう。すでに確認をとることが難しい」

「たしかに簡単な話じゃないな。次の愛平住建の職歴はどうなんだ？」

「名古屋《なごや》市中村《なかむら》区の小さな建設会社なんだが、愛平住建もまた、平成二四年に倒産している」

「小さな建設会社がつぶれても不思議はないからな」

「愛平住建時代の荒木の行動や生活ぶりについても知ることはできない」

「荒木は経理事務の能力で、最後の勤め先の徳永ホームに採用されたんだろうな」

「徳永ホームの人事担当者の話によると、簿記資格を持っていることと、愛平住建からの推薦を重視したんだそうだ。徳永ホームと愛平住建は取引があったんだ」

上杉はかるくあごを引いた。

「なるほど同業他社からのお墨付きか。とにかく愛平住建には勤めていたんだな」

「ところが、愛平住建という会社自体の実態がよくわからないんだ」

「だって、徳永ホームは取引先だったんだろう？」

「そうなんだが、長谷川が確認すると、愛平住建が間に入った取引で、横浜市内の土地を徳永ホームの顧客が地主から購入してマンションを建てたことが三度ほどある。その程度のつきあいだったようだ。だが、大きな取引が滞りなく行われたんで信用していたという話だ」

「愛平住建っていうのは不動産仲介業者みたいだな」

　上杉は首を傾げた。

「残っている取引関係の書類によれば、愛平住建には宅地建物取引士の資格を持つ従業員もいたんで、違法営業というわけではないようだ。だけど、建設会社の割には建物を建てている形跡がないらしいんだ。どうもこの会社にはどこかうさんくささが漂っている」

「なるほど……高校を卒業してから徳永ホームに採用されるまでの荒木の経歴は疑ってかかれば、すべてが虚偽である可能性もあるんだな」

「そういうことだ。しかし、平塚《ひらつか》にある横内高校に在籍していたかどうかも現時点では裏がとれていない」

「つまり徳永ホーム入社以前の荒木の経歴はすべて虚偽である可能性もあるわけだな」

「いま長谷川は荒木の住民票と戸籍を遡《さかのぼ》って辿《たど》ってくれている。住民票を辿ることによって鶴見の前にどこに住んでいたのかが確定できる。また、戸籍謄本をとれば出生地がわかる。婚姻歴や子どもの有無などもはっきりする」

「なるほど……ほかにもなにかあったか？」

「これはあいまいな話なんで……」

上杉に伝えるほどの内容か、一瞬、織田は迷った。

「どんな些《さ》細《さい》なことでもいいから教えてくれ」

言葉に力をこめて上杉は話の先を急《せ》いた。

「当時の徳永ホームで同僚だった女性が、中華街に夕食を食べに行ったときに偶然荒木を見かけたんだそうだ。そしたら、荒木はかなり酔っていて店の若い女の子に中国語で話しかけていた。どうやら、その女性を口説こうとしていたらしい」

「それで……？」

「かなり流ちょうな中国語で女性にも完全に言葉が通じていたそうなんだ」

「どこかで勉強していたんじゃないのか。たとえば、中国語会話教室に通っていたとか……職歴とはあまり関係がなさそうだが」

織田は首を横に振った。

「翌日、荒木に訊《き》くと、『見間違いだ。自分ではない』とシラを切ったという話だ。女性従業員はたしかに荒木だったと言っている」

上杉は眉間《みけん》にしわを寄せた。

「怪しいな……本当は中国語が話せるのに、あえて隠していたとすると……」

「確定的なことはなにも言えない。だが、疑えば疑える話だ」

「長谷川の調べが進むことを期待したいな」

「住民基本台帳や戸籍簿調べはすぐ終わると思う」

「なにか新しいことが発見できればいいな」

上杉は期待感を声ににじませた。

「ところで、香里奈の死の謎を解くためにはもうひとつの軸があると考えている」

「ひとつの軸は荒木重之の正体だな。もうひとつの軸というのは彼女が扱っていた事件か？」

「香里奈はあのとき神奈川県警刑事部の捜査二課管理官だった。もし、我々が考えているように、彼女の死が単なる事故でないとしたら……」

織田は言葉を呑《の》み込んだ。

自分も上杉も香里奈は殺されたという前提に立って話を進めているのに、殺害という言葉を直接的には出していない。香里奈の殺害は、二人にとって忌み言葉のようなものなのだ。

上杉は額に深いしわを刻んで織田の言葉を継いだ。

「香里奈が殺されたのなら、生前最後に彼女が追いかけていた事件を明らかにするしかないな」

二人の間の暗黙の禁忌《タブー》を、上杉が先に破ってくれた。

「そうだ、彼女はそのために殺されたのだ」

上杉のおかげで、織田も禁忌を破ることができた。

「許せない……俺は犯人を絶対に許せない」

握った両の拳《こぶし》を上杉は震わせた。

織田は黙って、上杉が落ち着くのを待った。

「すまん……」

子どもがしょげたような顔で上杉はかるく頭を下げた。

「わたしだって気持ちはまったく同じなんだ」

織田は静かな声で言った。

「話を続けよう。一〇年前は捜査二課の連中は口が堅くてなにも聞き出せなかった。捜査二課が扱うのは、詐欺・横領といった知能犯罪や、金融機関や会社の役職員が行う不正融資・背任といった企業犯罪、政治家や公務員などの贈収賄、買収・投票偽造などの選挙犯罪、さらには通貨偽造・文書偽造だ。捜査一課とはかなり性質の違う事件だ」

「たしかに、ここのいい犯人が多いよな」

上杉は自分の側頭部を人差し指で指しながら言葉を継いだ。

「捜査一課は殺人、強盗、暴行、傷害、誘拐、立てこもり、性犯罪、放火といった犯罪で、どちらかというと血の気の多いヤツが激情に駆られてやっちまったってケースが多い。それに比べて捜査二課は知的で計画的な犯罪ばかりだ」

「だから、各都道府県警の刑事部でも一課はたたき上げの優秀な刑事から選ばれるのに対して、二課の管理官にはキャリアが就くケースが多い。捜査二課長はほとんどがキャリアだ」

「むしろ出世コースだな」

「そうだ、複雑巧妙な犯罪が多く、犯罪であるか否かの線引きも微妙なケースが少なくない。関係法規も膨大なものとなるし、判例も頭に入ってなきゃならない」

「二課で扱う事件の犯人相手に、銃をぶっ放してドンパチってことはないからな」

「香里奈はわたしたち同期のなかでも、いちばん優秀だったから、女性に不利な警察組織でも出世コースに乗っていたんだ」

「織田より頭がよかったのか？」

「まず間違いないな。もっとも彼女はくそ真面目なところがあって、出世には興味がなさそうだったな」

「ああ、世の中の巨悪と戦う気概に満ちあふれた女だったな」

「融通が利かないところも香里奈のいいところだった……」

二人は不自然に押し黙った。

――わたしは人々の善意を踏みにじって、その生き血を吸って肥え太る人間が許せない。彼らを追い詰めるためなら、自分なんてどうなったっていい。火中の栗を拾えというならいつでも拾ってやる、そんな気持ちで仕事してるの。

いつか酔った香里奈が口にしていた言葉が織田の脳裏に蘇《よみがえ》った。

同じように上杉も香里奈のことを思いだしているのだろう。

「話を続けよう。一課と二課の違いは犯人のタイプだけじゃない」

「と言うと?」

「一課が扱う犯罪は、犯人はわからなくとも犯罪そのものは発覚しているケースがほとんどだ。警察が初動捜査を始める段階ですでに事件発生が報道されていることも多い」

「そうだな、たとえば殺人や暴行・傷害なんて犯罪事実はまず発覚してる」

「これに対して二課が扱う犯罪はある程度まで捜査が進んでから、初めて犯罪事実が明らかになることが多い」

「うん、二課の捜査の端緒は言ってみれば『疑惑』だ。贈収賄なんて犯人逮捕時に初めて犯罪事実が報道されるな」

「だから、二課の捜査員は秘密主義だし口が堅い。あのときにも香里奈がいったいなにを追いかけていたのかは、彼女の残したひと言しかヒントがなかった」

「あれだろ……最後の日に香里奈が言ってた……」

上杉はあの夜の香里奈のつぶやきを口にした。

――県内の罪のない子どもたちのためにも、わたしは頑張らなきゃ。

「それだよ。子どもが絡んでいる事件らしい。それから、県内というのは被害地域を限定したものなのだろうか」

「神奈川県内で進行中の事件だから、そう言ったまでだろう」

「そうかもしれない……とにかく、このひと言の意味を考えてゆく必要がある。それで、あのときと違う条件がひとつだけある」

「違う条件？」

「香里奈が追いかけていた事件はすでに捜査対象ではないということだ。立件されたか否かは別として」

「そうだな、捜査二課関連の事件で一〇年も追いかけているケースはまれだ。決着はついているだろう」

「で、わたしはあの後の二年ほどの期間に、神奈川県警の捜査二課が立件した事件を調べてみた。特殊詐欺は別として大きな事件はしばらくなかった」

「香里奈が追いかけていたのは振り込め詐欺じゃないんだよな」

「ああ、特殊詐欺については専門チームができている」

「つまり、立件はされなかったということか」

「もっと時間が掛かったかもしれないので断定はできないが、そのようだ」

「ほかの二課犯罪で子どもが絡むとなると、不正融資・背任と贈収賄、買収・投票偽造、通貨偽造・文書偽造はあまり関係がなさそうだな」

「ああ、そう思う。おそらくは詐欺罪ではないかと思う」

「立件できなかったとしても、捜査は終了している可能性が高いな」

「わたしもそう思って、現在、捜査二課の管理官をしている五期下のキャリアに調べてもらったんだ」

「五期下なら、素直に動いてくれそうだな」

キャリアにとって入庁の年次の違いはきわめて大きい。五期違うとなると、顔を合わせるだけでもペコペコするのがふつうだった。

「それにこの男は一〇年前は警察庁の刑事企画課にいたんで、香里奈が追いかけていた事件や当時の神奈川県警とのしがらみは一切ない」

「そうか、管理官ならいろんな情報にアクセスできるな。で、なにか出てきたか」

「まったくわからないそうだ。当時の捜査員は誰一人残っていないわけだが、捜査資料もすべて廃棄処分となっているとのことだった」

「待てよ。永年、三〇年、一〇年と保存期間が決まっている文書があるだろう。一〇年だって事件の終結を起算とするからまだ残っているはずだぞ」

上杉は口を尖《とが》らせた。

「うん、たとえば訴訟関連は三〇年だが、香里奈の追いかけていた事件では一〇年以上の保存を要する文書は作成されなかったのだろう。となると、五年保存だからな。すべて廃棄されていても不思議はない」

「そうか……となると、その頃の捜査員を探し出して聞き出すしかないな」

「そういうことだ。それで、最初に訪ねてみたい人物がいる」

「いったい誰だ」

「一〇年前の香里奈の直属の上司だ」

「と言うと、捜査二課長か」

「うん、藤堂高彦《とうどうたかひこ》というキャリアだよ」

「キャリア同士だから、終わった事件のことはなにか話してくれるかもしれないな」

上杉の声が明るくなった。

「ただ、俺たちの二期上のキャリアだ」

「あの頃課長だったわけだから当然が。しかし二期上となるとやっかいだな」

「ああ、まともに口をきいてくれない怖れもある。わたしに捜査権はないわけだし、上杉を前に立てるとしてもどう説明していいのか。そもそも今回の捜査の端緒は私情だからな」

「そうはっきりと言うなよ。だけど、もし香里奈が本当に殺されたのだとすれば、公訴時効はない。じゅうぶんに捜査を進める意義はある。しかも、神奈川県内で起きたんだから、俺には捜査できる事件だ」

「そうだ、上杉は神奈川県内の刑事事件ならなんでも捜査できる自由な立場じゃないか。なにせ、刑事部根岸分室長だ。刑事部内では各課長たちと同列の扱いだろ。キャリアでは捜査二課長に次ぐ地位になるんじゃないか」

根岸分室は刑事部長直属で、各課長の下にあるわけではない。形式的には織田の言っていることは間違っていなかった。

「おちょくってるのか。俊寛僧都《しゅんかんそうず》か、宇喜多秀家《うきたひでいえ》か、こうもり安《やす》か……俺は流人なんだぞ」

上杉は口を尖らせた。

刑事局捜査一課の課長補佐だった上杉は、上司の不正を隠蔽《いんぺい》した周囲に反発して警察庁を追い出された。神奈川県警刑事部の管理官となった上杉は、ここでも正義を押し通し、上司に反発し続けた。県警の幹部たちは上杉を持て余したが、警視だった上杉を所轄に持ってゆけば、署長か副署長とせざるを得ない。そこで、無理やり根岸分室を作って隔離してしまったのだ。流人というのはあながち間違ってはいない。

「こうもり安ってのは、あれだな、歌舞伎の『与話情浮名横櫛《よわなさけうきなのよこぐし》』で切られ与三郎《よさぶろう》の相棒となってるやくざ者だな。俊寛や宇喜多宰相のガラじゃないだろう。ゆすりのシーンで有名だな。これから上杉をこうもり安と呼ぶか」

「俺は新島《にいじま》に遊びに行ったときにこうもり安の墓を見に行ったんだ。実際のこうもり安は、木更津《きさらづ》の大きな油屋の息子で色男。美声の持ち主で金回りもよくて花柳界の寵児《ちょうじ》だったそうだ。ばくちで遠島になったそうだが……おい、そんな話をしている場合じゃないだろ」

「こうもり安を言い出したのはおまえだろ？」

織田がからかうと、上杉は首を縮めた。

「そうだったな……ところで、その藤堂って男はいまはどこにいるんだ？」

「警察庁だ。長官官房の総務課にいる」

上杉は口をぽかんと開けた。

「お、おい、本当か？　日本警察の中枢じゃないか」

「警視庁には劣るが、神奈川県警の捜査二課長ともなれば出世コース筆頭だからな」

「で、いまの役職は？」

「秘書室長だよ。階級は警視正だ」

「エリート中のエリートだな」

「そうだ、だから会ってもらうまでにひと苦労だ。しかし、なんとかする。神奈川県警の過去の事件の再捜査を検討しているので当時の事情を訊《き》きたいと申し入れる」

「ああ、その件については織田だけが頼りだ。よろしくな」

上杉はまじめな顔で頭を下げた。

窓の外は工事が終わったのか、すっかり静まりかえっていた。

かわりに道路で遊ぶ小さな子どもたちの声が響いてきた。

【2】@二〇二〇年一一月九日（月）

週明けの月曜日は曇り空がひろがっていた。

朝から降りそうで降らない天気は、織田のこころにどこか鬱然《うつぜん》とした気持ちを呼び起こしていた。

霞《かすみ》が関《せき》の官庁街に吹く湿った風は、ダスターコートの上からも身体を震わせた。一挙に冬に近づいたような気がした。

藤堂高彦長官官房総務課秘書室長は、織田の願いを聞き入れた。

一三時三〇分から一五分だけなら時間を空けるという。

霞が関の中央合同庁舎第二号館は織田自身の職場である。とはいえ、一七階から上の二〇階まではすべて国家公安委員会と警察庁が占めているので、すべてのフロアを知っているわけではない。

指定された小会議室に一三時二五分に上杉と二人で出向いた。

隣に立つ上杉は珍しくもブラックスーツを身につけていた。

もっとも、この建物で働いていた頃には、毎日スーツにネクタイで登庁していたわけだが。

木目っぽい加工を施されたスチールの扉をノックすると、意外にも室内から「どうぞ」と返事があった。

入室すると、一〇畳ほどの狭い会議室だったが、調度類から幹部用の部屋だとつよく感じた。

木目の壁に油彩画が掛かっていて、部屋の隅には観葉植物が置かれていた。

同じ警視正クラスだが、織田自らがこうした会議室を利用する機会はないと言っていい。

四角く並べられた会議テーブルの向こう側に一人の男が座っていた。

「お忙しいところ、お時間を頂戴《ちょうだい》して恐縮です。警備局理事官の織田です」

「神奈川県警刑事部根岸分室長の上杉です」

二人はそろって身体を折った。

「藤堂です。まぁ掛けて下さい」

いくぶんざらついた高めの穏やかな声で、藤堂は椅子を勧めた。

細長い顔で高い鼻と薄めの唇が特徴的だった。

シルバーフレームの奥の両の瞳《ひとみ》は鋭く光っている。

理知的で冷静さを感じさせる官僚らしい容貌《ようぼう》の男だった。

織田たちより二、三歳年上のはずだが、貫禄《かんろく》がある。

横分けショートの髪にはいくぶん白いものが混じっている。

どこかの会議で一緒になったことはあるような気がするが、記憶は定かではなかった。

「申し訳ないが、四五分になったら退席させてもらうよ。会議があるんでね」

藤堂は口もとにわずかな笑みを浮かべて最初に釘《くぎ》を刺した。

「お忙しいのにまことに申し訳ありません」

織田は丁重に頭を下げた。

「君たちは僕の二期下だそうだね。織田くんは警備局の理事官か。順調だな」

今日の面談を依頼したときに二人の簡単な紹介はしてあった。

「恐れ入ります」

藤堂は上杉に視線を移した。

「上杉くんは神奈川県警の刑事部か……根岸分室だって？　僕がいたときにはその部署はなかったな」

「はぁ……窓際というか流刑地です」

上杉は照れたように答えた。

「ああ、何年か前に警察庁内で話題になってたな。捜査一課から神奈川県警に移って、それでも独立独歩の猛者《もさ》がいるって。君のことか」

二期下の後輩であるはぐれ者の上杉に対してなら、もっと小馬鹿にしたような態度を取るのがふつうだろう。すぐれた男だが、官僚としての上杉は完全に落伍《らくご》者なのだ。

藤堂のような如才ないタイプは出世するはずだ。

「たぶん、そうでしょうね。この建物のなかに、自分みたいなバカはほかにいないでしようから」

先輩官僚に対しても少しも変わらない上杉節が織田には嬉《うれ》しかった。

「ところで、僕が神奈川県警の捜査二課長だった頃の事件について聞きたいんだって」

藤堂はまじめな顔に変わって訊いた。

「はい、五条香里奈という女性キャリアを覚えていらっしゃいますか」

織田は藤堂の目を覗《のぞ》き込みながら静かに尋ねた。

「忘れるはずはないだろう」

藤堂の瞳が震えた。

「覚えていてくれましたか」

上杉は明るい声で言った。

「五条くんは僕がいちばん頼っていた優秀な部下だったんだ。不慮の事故で急死したとき、僕がどんなに苦しんだかわかるか」

藤堂は一瞬瞑目《めいもく》して、やがて深く息を吐いて言葉を継いだ。

「……まさに、片腕をもぎ取られたような気持ちだったよ」

額に縦じわが寄って声がわずかに震えている。

ここにも香里奈の死を深く悲しんでいる者がいた。

藤堂は自分たちに協力してくれるだろうと、織田は期待を抱いた。

「たしかに彼女は優秀でした。実はわたしと上杉は五条とは入庁が同じ年の同期なんです」

織田の言葉に藤堂は平静な表情に戻ってうなずいた。

「そうか、五条くんも僕の二期下だったな。入庁の近いキャリアが同じ県警で上司と部下になるケースは珍しいといっていたものだ」

「藤堂室長は当時は捜査二課長でいらっしゃったんですよね」

「そうだ、五条くんとは数ヶ月しか一緒に仕事できなかったがね。ところで、君たちはどんな捜査のためにここへ来たんだ？」

藤堂は織田たちの顔を交互に見て訊いた。

「五条香里奈の轢《ひ》き逃げ事件の再捜査を始めることになりまして……」

藤堂は首を傾げた。

「彼女の交通事故死がなぜ、一〇年も経ってから問題になるんだ？」

「五条香里奈の死に疑わしい点が出てきたのです」

「なんだって！」

藤堂は目を大きく見開いた。

「そうなのです。彼女の死は単なる交通事故ではなかったおそれが出てきました」

織田は慎重に言葉を選んで続けた。

「と言うと、そのつまり……」

藤堂は言葉を詰まらせた。

「殺されたかもしれないということです」

上杉が単刀直入に答えた。

一瞬、藤堂は真剣な顔つきで口をつぐんだが、すぐに口もとに皮肉な笑みを浮かべた。

「なにを根拠に、君たちはそんな馬鹿げたことを言っているのかね」

含み笑いとともに、藤堂はからかうような声を出した。

はっきりと根拠があるわけではない。

言ってみれば、香里奈を愛していた二人の直感だ。

だが、すでに織田は香里奈の死の陰に、なにかどす黒いものが隠れていると確信していた。

上杉も同じ気持ちを抱いているに違いない。

「申し訳ありません、捜査の都合で詳しいことはまだ申せません」

織田は当たり障りのない答えを返した。

「だが、僕もあの事故のときには、県警の交通捜査課長から詳しい事情を聞いた。酒気帯びと思量される男が車を暴走させ、五条くんを撥《は》ねて逃走した轢き逃げ事件で間違いないという話だった」

「ですが、犯人の荒木重之は二日後に津久井郡の山中で縊死《いし》した姿で見つかりました」

織田の言葉に藤堂は額に深い縦じわを刻んだ。

「むろん知っているよ、織田くん。だが、事故が報道されて被害者死亡を知った荒木という男が、責任の重さに堪えかねて自殺したっていう事実認定で間違いないんじゃないのかね」

「疑義を感ずる点がいくつか出て参りました」

織田の目を見つめたまま、藤堂はしばらく黙った。

「……で、君たちは再捜査をするというわけか」

「実際に再捜査をするのは、わたしではなく上杉ですが」

織田があごをしゃくると、上杉は力強くうなずいた。

「しばらくこの事案の捜査に専念する予定です」

「そうか、根岸分室というのがどんな組織か知らないが、まぁ頑張ってくれ」

藤堂は薄ら笑いを浮かべた。

部下の配置がいまだに行われず、根岸分室が実質上は上杉個人であると知ったら、藤堂はひっくり返るだろう。

「わたしは捜査できる立場ではないので……」

もちろん実際には織田も捜査に携わるつもりでいた。

「たしかに、我々警察庁の人間は、捜査をする存在ではない。同期の上杉くんがまだ現場にいてよかったな」

皮肉なのかどうか、藤堂の表情からは読み取れなかった。

「いつまでも現場にいたいと思ってますよ。警察官ですから」

　上杉は言葉に力を込めた。

「いや、君は官僚としてこの世界の人間となったはずだ。いつかは警察庁へ戻らなければならないんだよ」

　諭すような藤堂の口調だった。

「はぁ……戻れることがあればですが」

　上杉は口ごもった。

「ところで、僕に何を訊《き》きたいんだ？」

　藤堂は姿勢をあらためて上杉の顔を見つめた。

「一〇年前、二〇一〇年のあの当時、五条が捜査していた事件について伺いたいんです」

　単刀直入に上杉は訊いた。

「そんな質問に答えることはできないよ」

　表情を変えることなく、藤堂は一言のもとに撥ねつけた。

「しかし、捜査はとっくに終了しているはずです」

　上杉は尖《とが》った声で訊いた。

「捜査二課が扱う事件の公訴時効は短いからな」

「だから、もうお話し頂いてもよろしいのではないでしょうか」

　畳みかけるように上杉は尋ねた。

「そう簡単な話ではない」

藤堂は気難しげに眉根《まゆね》を寄せた。

「ですが、五条の死の真実を明らかにするためには、彼女が最後に追っていた事案を知る必要があるのです」

「君はその事案の関係者が五条くんを殺したと考えているのか」

藤堂はあきれたような声を出した。

「その可能性は大きいと考えています」

きっぱりと上杉は言い放った。

「なぜ、そんな荒唐無稽《こうとうむけい》なことを考えるのだ」

「疑う根拠があるからです」

「では、その根拠を話してくれ」

「申し訳ありません。現時点ではお話しできません」

上杉の答えに、藤堂は首を小さく横に振った。

「僕が納得できるように説明してくれなければ、これ以上、話を続ける気にはなれない」

「そこを枉《ま》げてお話し頂きたいのです。五条の死を無駄にしたくはないです」

熱っぽい調子で上杉は続けた。

「勝手なことを言う男だ。さすがに独立独歩居士だな」

藤堂は乾いた声で笑った。

「わたしはあちこちで嫌われていますからね」

釣り込まれるように上杉も笑い声を出した。

「では、君の情熱に免じてひとつだけ教えてやろう。あの事故の時点で五条くんはある詐欺事案を追いかけていた」

織田の胸はどきんと鳴った。

詐欺事案だとすると、敵の範囲は著しくひろがる。

「特殊詐欺ではないのですね」

上杉の問いに藤堂はかるくうなずいた。

「ああ、特殊詐欺については、五条くんの担当ではなかった」

「どんな事件だったのですか」

「これ以上は話せない」

にべもない調子で藤堂は答えた。

「どうか教えてください」

急《せ》き込んで上杉は訊いた。

「それはできない」

「被疑者は何者ですか。個人なんですか、それとも組織的なものですか」

上杉は執拗《しつよう》に食い下がった。

「そんなことを口にできるわけがないだろう」

いらいらとした声で藤堂は答えた。

「お願いします」

「いいか、その事案は立件するような性質ではなかったんだ」

「立件しなかったんですね」

織田が横から口を出すと、藤堂は深くうなずいた。

「だから、ここで具体的な話をできない意味はわかるだろう」

「わかりますが……」

織田には即座に理解できた。

立件しなかったなら、香里奈が追いかけていた被疑者は罪を犯していなかったと警察が判断したことになる。たとえ、実際には犯罪が起きていて、警察が立件に足りる証拠が集められなかったためだとしても、被疑者は法律上は潔白である。

そんな被疑者の名前が漏れたら、たとえば名誉毀損《きそん》罪を構成してしまう。口が裂けても、藤堂は被疑者の名前を明らかにするわけにはいかないのだ。

「捜査記録も残っていないようですので」

力のない声で上杉は言った。

「君たちは記録が破棄されていることを調べた上でここに来たんだろう？」

「まぁ、そういうわけでもありませんが」

上杉は口ごもった。

「繰り返すが、五条くんが追いかけていた事案は犯罪ではなかったのだ。このことだけはしっかりと理解しておいてくれ」

つよい口調で藤堂は決めつけた。

「了解しました」

織田は引き下がることに決めた。

これ以上、藤堂を追及しても無駄だ。

「悪いが、約束の時間だ」

藤堂はゆっくりと椅子から立ち上がった。

「貴重なお時間を頂戴《ちょうだい》して恐縮でした」

「ありがとうございました」

織田と上杉はそろって頭を下げた。

「いや……それより織田くんには言っておきたい」

藤堂はまっすぐに織田を見据えた。

「なんでしょうか」

「僕より二期下で警備局の理事官というのは、君が警察官僚として将来を期待されている存在だという事実を如実にあらわしている。余計なことにエネルギーを傾けている時間などないはずだ」

明確な口調で藤堂は言った。

「はぁ……」

「その捜査とやらは上杉くんに任せて、織田くんはこのあたりでやめておきなさい」

藤堂の忠告は官僚としてはありがたいものだった。

しかし、織田のこころを素直にうんと言えないなにかが占めていた。

「直接捜査には携わりませんが、わたしも五条の死の真相は知りたいと思っています」

言わずもがなの答えを返すと、藤堂はきりりと眉《まゆ》を吊《つ》り上げた。

「いまさら意識を向ける必要もない。いいか、日本の警察行政のために君は必要な人間なんだ。個人的な感傷に浸っている暇はない。よくわきまえて行動したほうがいい」

目を光らせて言うと、織田の返事を待たずに藤堂は部屋を出て行った。

ドアが閉まる音を聞きながら、織田と上杉は顔を見合わせた。

「おい、織田。この件から降りていいぞ。後は俺が一人でやる」

上杉は真剣そのものの顔で言った。

「馬鹿言うな、藤堂室長に言った通りだ。わたしは香里奈の死の真相を知りたいんだ」

「だが、おまえ、この件に首突っ込んでると、上の覚えが悪くなるだろ。織田は同期でいちばんの出世頭じゃないか」

「そんなことはどうだっていい。わたしは自分が大切に思っているものを犠牲にしてまで出世したいと考えたことは一度もない」

織田の本音だった。信念や愛、そうしたものに比べれば出世などはどうでもいいことだ。

一瞬、上杉は黙った。

「さすがは織田だよな。そうして自分を枉げないのにちゃんと出世してるんだからな」

「おい、それは皮肉か」

「皮肉なんかじゃないさ……そんなアドバイスをよこした藤堂はいいところがあるな」

「まぁ……二期違いだとふんぞり返っているキャリアが多いからな。上杉の質問にもはぐらかさずに答えてくれた藤堂室長はまともなほうだろう」

「俺の好きなタイプじゃないけどな……ところで、いまの藤堂の話どう思った？」

「うん、嘘はなさそうだな」

上杉がきわどい質問をしている間、織田はずっと藤堂の顔を見ていた。嘘を吐いているような顔つきには見えなかった。

「俺も話の内容に嘘はないと感じた。しかし、もし被疑者が小物の詐欺師だとしたら、あんな顔つきで終了した事件の話を隠すとは思えない」

「わたしも同意見だ。香里奈が追っていた詐欺犯は大物に違いない。組織的な詐欺集団かもしれない」

「だが、神奈川県警は立件できなかった」

「そう……そう考えると、見えてくるものがあるな」

「ある……」

織田と上杉はふたたび顔を見合わせた。

「捜査妨害だ！」

二人の声が重なった。

「追いかけていた詐欺集団に香里奈は消されたのかもしれないな……」

上杉は乾いた声を出した。

「あるいは王手を掛けようとしたところで、荒木を騙《かた》る男に轢《ひ》かれたのかもしれない」

織田は自分の想像は間違っていないだろうと踏んでいた。

「そうかもしれんな」

上杉は沈んだ声で言葉を継いだ。

「では、なぜ、捜査二課の誰かが香里奈が追っていた事案を引き継がなかったのだろう」

「香里奈がつかんでいた証拠を奪われたのではないだろうか」

「証拠の共有をしておけば、少なくともほかの者によって捜査は続けられたのにな」

上杉は歯嚙《はが》みした。

「荒木の自殺も怪しいな」

織田の言葉に上杉はまじめな顔でうなずいた。

「実行犯の荒木は鉄砲玉で、犯行を隠すために詐欺集団に消されたと考えるほうが理にかなっている」

「真相はまだ遠いが、藤堂室長と会ったことで一歩前に踏み出せた気がするよ。小さな一歩だがな」

「停滞しているよりはずっとマシだ」

上杉の言う停滞は登山用語で、悪天候のために山小屋などから外に出られない日が続くことを指している。

「ははは、そうだな」

「飯でも食いに行くか」

明るい顔で上杉は言った。

「ああ、つきあうよ。次の予定の会議は三時からだから、しばらく時間が空いている」

「よし、《頤和園《いわえん》》に行こう。あそこの担々麵《たんたんめん》はうまいからな。北京《ペキン》ダックで乾杯だ」

警察庁に勤めていただけに、上杉も霞が関界隈《かいわい》の飲食店には詳しい。

「酒は飲まないぞ」

「おいおい、カタいこと言うなよ。予約を入れておく」

「おまえのような気楽なポジションじゃないんだ」

「冗談言うなよ、根岸分室がいつ閉鎖されて山奥の駐在所に廻《まわ》されるかヒヤヒヤしてるんだぞ」

「おまえなら三つくらいの駐在所を掛け持ちできるよ」

二人は笑いながら、廊下へと出た。

エレベーターで下に降りると、風は収まって霞が関の空には薄日が差し始めていた。

【3】＠二〇二〇年一一月一〇日（火）

翌日の夜、織田は《帆ＨＡＮ》に上杉を呼び出していた。

品川《しながわ》の用事が八時過ぎまで掛かったので、根岸分室まで行くのが遅くなりそうだった。電話を入れると、上杉が横浜まで出て行くからと言ってきた。

夏希《なつき》と初めて会ったときに座った席にゆっくりと腰を掛けて、織田は上杉を待った。目の前には優雅な弧を描くベイブリッジをまん中に、左右に無数の灯《あか》りが光の島と輝いていた。

織田が上杉を待っていると伝えると、マスターは入口にクローズドの札を出してくれた。

窓際の席で喋《しゃべ》っていれば、ほかに客がいてもまず聞こえないのだが、織田はマスターの厚意に感謝した。

店内にはソニー・クラークの『クール・ストラッティン』（Cool Struttin'）が抑えめの音量で流れている。

ミドルテンポの洒落《しゃれ》たバップだ。

ソニー・クラークの瀟洒《しょうしゃ》なピアノに、ジャッキー・マクリーンのサックスとアート・ファーマーのトランペットが絡んできている。

「織田さんと上杉さんのお二人に似合うんですよ。このアルバム」

黒ベストに蝶《ちょう》ネクタイ姿でマスターは静かに笑った。

約束の午後九時にドアが開いて、ふだん通りのアウトドアっぽいファッションの上杉が姿を現した。

やはり上杉にスーツは似合わない。

「時間ぴったりだな」

「そりゃよかった」

上杉はにっと笑った。

「どういう意味だ？」

「横浜駅からここまで、時計を見なくても計算通りに歩けるか、歩幅と歩くペースを調節したんだ」

「おかしな訓練をしているな」

「訓練じゃない。遊びだ」

織田はあきれて、上杉を手招いた。

「ま、座れよ」

大股《おおまた》に歩いてきた上杉は、ソファにどかっと腰を下ろした。

「なんだ、水だけじゃないか。先に飲んでいてもよかったんだぞ」

「一人で飲んでるのも気が引けるもんだぞ。なににする？」

「そうだな、赤ワインにしとくか」

上杉がワインとは珍しい。

強い酒を頼まないのは、いまは仕事意識が強いのだろう。

「マスター、フルボディならなんでもいいよ。ボトルでお願いしたいな」

織田はカウンターでグラスを磨いていたマスターに声を掛けた。

「かしこまりました」

マスターはにこやかにうなずくと、ボルドー型のボトルを持ってきた。

「二〇一四年のシャトー・モンテュス・ドメーヌ・アラン・ブリュモンです」

「へぇ飲んだことないな」

織田の言葉に上杉はうなずいた。

「ACマディランなんですよ」

「どこだっけ」

マディランという土地の名前は聞いたことがあるが、よくは覚えていなかった。

「フランス南西部のピレネー・バスク地方です」

「ああ、ボルドーよりは南だね」

「ええ、だからタナが八割で、カベルネ・ソーヴィニヨンが二割なんです」

「タナってタンニンが強いんだよね」

「そうです。タンニンは緻密《ちみつ》な感じですね。全体に落ち着いていて、しっかりとした熟成感があり、アロマ香が豊かめでスパイス香も繊細な感じですね。お手頃なのにとても美味《おい》しいですよ」

　さわやかに笑ってマスターは片目をつむった。

「マスターのオススメなら間違いないだろ。それ頼むよ」

　上杉が勝手に決めてしまったが、織田にも異論はなかった。

「つまみはチーズかなんかを適当に頼むね」

「承知致しました」

　すぐにマスターはボトルとグラスとつまみを持って来た。

　つまみはミモレットとコンテの二種類のチーズに、クラッカーとスタッフドオリーブだった。

　織田と上杉はグラスを掲げて乾杯した。

「なるほど、マスターのセレクトはさすがだ」

　上杉はうなった。

「恐れ入ります」

　たしかにマスターのセレクトも説明もドンピシャだった。

　ブラックベリーやチェリーに似た豊かなアロマとタンニンの渋みを、織田はしばし楽しんだ。

　マスターは一礼して去った。

どんな話を聞いても絶対にほかに漏らす怖れがない男だった。だが、マスターはあえて織田たちが座っている場所とは反対側のテーブルを前にして帳簿付けを始めた。

「呼び出したのはほかでもない。長谷川から新たな情報が入った」

織田はタブレットを取り出して長谷川から得た情報を記したメモファイルを覗《のぞ》き込んだ。

「本当か！」

上杉は身を乗り出した。

「ああ、怪しいことが続々と出てきた。まず、荒木重之の最初の本籍地は青森県下北《しもきた》郡東通村岩屋《ひがしどおりむらいわや》という土地だ」

「下北半島か……ずいぶん遠いところだな」

上杉は驚きの声を上げた。

「下北半島の東の端に北に向かって延びている岬があるだろ」

「ああ、なんとなくわかる」

「あの岬は野生馬で有名な尻屋崎《しりやざき》なんだが、その根っこのあたりだ」

「行ったことはないが、淋《さび》しいところだろうな」

「わたしは学生時代に尻屋崎に一度行ったことがあるが、夏でも霧が巻いて寒くてね。岬にぽつんと一軒建ってた食堂では灯油ストーブを焚《た》いているんだ。そんな岬から数キロ下った津軽《つがる》海峡に面した小さな集落が荒木の本籍地だ」

「親の郷里かなにかなのか」

「いや、出生地も同じ住所なんだ」

「青森県人なのか」

「ああ、しかも、荒木は高校を卒業するまで地元で育っている」

「なんだって！」

上杉の叫び声が大きかったので、さすがにマスターもこちらを見た。

「続けてくれ」

首をすくめて上杉は促した。

「荒木は一〇歳の時、平成二年に一家でむつ市へ転居している。むつ市内の小中学校を卒業してから同じく市内の青森県立田名部《たなぶ》高校を平成一〇年に卒業している」

「おい、神奈川県立横内高校を卒業したんじゃなかったのか」

両目を大きく見開いて上杉は訊《き》いた。

「まったくの嘘だったようだ。高校卒業後は仙台《せんだい》市の東北《とうほく》大学を卒業し二級建築士の資格を取得した」

「秀才じゃないか。ビジネス専門学校で簿記の資格を取ったんじゃないのか」

「それもまったくのデタラメだったんだよ」

上杉は低くうなった。

「すべて嘘か……するとモンサン物産や愛平住建の職歴もあてにならないな」

「その通りだ。すでに調べる意味はなくなっている。戸籍上の荒木重之は香里奈を撥《は》ねた男とはまったくの別人だ」

織田はきっぱりと言い切った。

「履歴書で信じられるのは、生年月日と現住所くらいか……」

いささかぼう然とした口調で上杉は言った。

「ま、そういうことだ。あの履歴書は虚偽のかたまりだ」

「しかし、どうして大学卒業までの経歴がわかったんだ」

「長谷川は戸籍謄本をとって出生地を知り、わざわざ下北まで足を運んでくれたんだ。彼はまだ下北にいる」

「そりゃ苦労を掛けてるな。いつか一杯奢《おご》んなきゃな」

「いや、上杉の前には姿を現さないだろう」

「俺だって同じ神奈川県警の警察官だぞ。そこまで自分を隠さなきゃいけないものか」

上杉は口を尖《とが》らせた。

「彼らは任務によっては一度警察を退職することだって珍しくはないんだ」

「そんな話は聞いているが……下北まで足を運んでくれたとしても、そう簡単に一人の人間の数十年前からの経歴がわかるものじゃないだろう」

「長谷川は東通村の岩屋でたんねんに荒木一家のことを聞いて廻《まわ》るところから始めたんだ」

「小さな集落で警察だと言って廻ったら騒ぎになるだろう」

「詳しくは聞いていないが、新聞記者とでも名乗ったのだろう。長谷川はいくつかの身分の名刺くらい持っているだろうからな」

「やっぱり公安ってのは不気味だな」

上杉は顔をしかめて小さく笑った。

「しかし、そのおかげでいろいろなことがわかった。荒木の父親は東通村の岩屋で酒屋と雑貨屋を経営していた。だが、経営がうまくいかなくなってむつ市内の大湊《おおみなと》にある下北総合病院に営繕職員として勤め始めたんだ。そこまで岩屋で聞き込みができたんで、長谷川は病院に行ってみた。すると、荒木の父親を知っているという事務職員が嘱託のかたちでまだ在職していたんだ。荒木はときどき病院に遊びに来たので、その事務職員は話したこともあったそうだ。荒木の父親は平成一五年に肝臓がんのためにその病院で亡くなったそうだ。荒木重之は優秀だったので現役で東北大学に入学し、平成一四年に卒業してその年に試験に合格して無事に建築士となった。平成一五年の四月から青森《あおもり》市内の浅虫《あさむし》建設という建築会社に勤めていた」

「よく調べ上げたな」

「ああ、長谷川は浅虫建設にも足を運んでくれた。そしたら、平成一七年の三月にいきなり会社を辞めてむつ市の大湊にある実家に戻ったことがわかった。母親が肺がんに罹《かか》って下北総合病院に入院したためだそうだ。一人っ子だった荒木は余命幾ばくもない母親の側にいてやりたかったようだ。母親はその年の五月に亡くなっている」

「気の毒な話だな」

「その後がよくわからないんだ……荒木は近所の人間とはつきあいがなく、大湊に戻ってからの行動はなにもわからない。実家は長年、誰も住んでいないようすで荒れ果てている。住民票上は平成一八年の七月に名古屋市西区《にし》に転居したことになっているんだが……」

「履歴書でも平成一八年の二月から七月は在家庭となっていたな」

上杉は首を傾げた。

そのとき織田のスマホが鳴動した。

ディスプレイには長谷川の番号が出ている。

胸騒ぎを抑えて電話に出ると、耳もとで低めの声が響いた。

「織田理事官、これ決定ですよ」

冷静な長谷川にしては興奮気味だ。

「長谷川か？」

織田は念を押した。

「あ、すみません、長谷川です」

「ちょっと待て。場所を移る」

織田はマスターに目顔で断って廊下へ出た。

長谷川は人前での通話を嫌うはずだ。見えなくとも敏感な長谷川は周囲の雑音で気づくだろう。

幸い《帆ＨＡＮ》の入っているのはオフィスビルなので、この時間は廊下に人影は見られなかった。

「遅くまでご苦労だな」

「いえ……今日、大湊の集落で有力な情報を聞き込んだんですよ。荒木重之の母親と知り合いだった老人と会いましてね。さっきまで飲んでたんですけど、とんでもない話を聞きました」

長谷川は筋道を追って話をするタイプで、結論を先に言わないことが多い。

結論を早く聞きたい織田は、いささかのいらだちを抑えて先を促した。

「どんな話だ？」

「荒木は平成一八年の五月末に失踪《しっそう》しているんです」

「失踪だと？」

思わず声が裏返った。

「五月二八日の早朝なんですが、デイパックを背負った荒木を老人が見かけたそうなんですよ。ふだん姿を見ないので不思議に思ってどこへ行くかと聞いたところ『父母に会いたいから恐山《おそれざん》に行く』って答えたんだそうです」

「荒木が住んでいた大湊は恐山の麓《ふもと》だな……」

「そうなんです。早い時間なのでタクシーかなにかを使うつもりだったのかもしれません。ところが、それきり荒木は姿を消してしまったそうなんです」

「どうして姿を消したってわかったんだ」

「家の灯《あか》りが何日も消えたままだったんで、老人は心配になって警察に言いに行ったんだそうです」

「捜索活動は行われなかったのか」

「ええ、捜索願を出す者もいませんでした。さらに警察が荒木の自宅に入ったら家のなかに書き置きが残っていたんですよ。『大湊の暮らしが嫌になった。知っている人間が誰もいない土地で暮らす』っていう内容でした」

「なるほど……書き置きがあったのか」

「ただし、部屋にあったPCで作成されプリントアウトされたものでした」

「荒木を拉致《らち》した者の偽装工作だな」

「ですが、青森県警はそうは考えなかったようです。もちろん『特異失踪人』にはあたりませんので、捜索活動は行われませんでした」

特異失踪人とは、誘拐などの犯罪被害に遭っている恐れがあると思われる者、自殺や他殺のおそれのある者、本人一人だけでは生活をしていくことが困難な高齢者や子どもなど、さらには事故に遭ったと思われる者をいう。このような人が行方不明になった場合、警察は真剣に捜索活動を行う。

しかし、そうでない人の場合には、実質的にはまず警察官が捜索活動を行うことはない。全国の警察に届出があっただけでも行方不明者は年間八万数千人に及ぶのだ。すべてに捜索活動を行っていたら、警察の機能はパンクしてしまう。

「わかった。荒木が失踪してから二ヶ月経たないうちに名古屋市に住民転入しているわけだ。このケースは……」

「背乗りを疑うにじゅうぶんです」

「そうだな、以前から何者かが荒木に目をつけていて、彼が恐山に行くと言った機会を狙っていたのだろうな」

「間違いなく組織的な犯行でしょうね。うちのほうではいちおう北朝鮮関連も疑っていますが、そっちの事案じゃなさそうですね。どちらかと言うとマルB（暴力団）の匂いがしますよ」

「そうだな。失踪位置も過去に拉致と疑わしい失踪事件のあった津軽半島ではなく下北半島だ。おまけに大湊は海上自衛隊の大湊地方隊や航空自衛隊の第42警戒群が置かれていて警戒の厳しい地区だ。あえて、そんな場所から北朝鮮の工作員が住民を拉致するとは考えにくいな。荒木は仕事関係か飲み屋かどこかでマルBと知り合って、目をつけられていたんだろう」

「恐山周辺はうっそうとした森林がひろがっています。本物の荒木重之はいまごろ、どこかに埋められて白骨になっていますよ」

長谷川は乾いた声を出した。

「おそらくは……そうだな……」

「この件についてなんらかのかたちで青森県警に働きかけますか」

「いや、その必要はない。わたしたちが必要だった情報はそろった。さすがは長谷川だ。わたしの元の部下のなかでも一、二を争う優秀な男だ」

「また、うまいこと言って」

「いや、本音だ。だから君に頼んだんだ」

「光栄です」

「長谷川、ご苦労だった。もう、戻ってもらっていいぞ。必ず恩返しはする」

「恩返しだなんて、よして下さいよ。織田理事官のお役に立てて嬉《うれ》しいですよ。でも、こっちがらみの情報が入ったら教えてくださいよ」

「わかっている。公安事案と思われる情報が入ったら、すぐに連絡するよ」

「わたしは下風呂《しもふろ》温泉にでも行って海の幸三昧《ざんまい》で二、三日骨休めしますよ」

「けっこうだな。津軽海峡のイカは美味《うま》いからな。最高の旅館に泊まって好きなものを食べてくれ。経費はわたしが持つ」

「へへへ、実はそいつが目当てなんです」

長谷川はとぼけた声で笑った。

「では、東京に戻ったら、一度顔を出してくれ」

「了解です。捜査が無事に進みますように」

「ああ。お疲れ」

「おやすみなさい」

電話は切れた。

店内に戻った織田に上杉は急《せ》き込むように訊《き》いた。

「なにかわかったのか」

無言でソファに座った織田は、グラスのワインを飲み干してからゆっくりと口を開いた。

「背乗りで間違いない」

「本当か！」

上杉は叫び声を上げた。

「ああ、むつ市に住んでいた荒木重之は平成一八年の五月二八日に失踪している」

「く、詳しく話してくれ」

舌をもつれさせて上杉は促した。

「長谷川はよく調べてくれたよ……」

織田は長谷川から聞いた話を細大漏らさず上杉に伝えた。

「間違いなく背乗りだ。しかも玄人の仕事だ」

上杉は大きく息を吐いた。

「そうだな、監視、拐取、殺害、死体の処分……素人の犯行ではあり得ない。組織的な犯行であることがはっきりしたな。上杉は何者の仕業だと考えている？」

「マルBだよ。こんなことできるのは。筋が見えてきた」

「上杉の考える筋読みを教えてくれ」

「香里奈を撥《は》ねたニセ荒木が何者かはわからない。だが、こいつも筋の悪い借金で首が回らなかった男かなにかだろう。もともと履歴書のような地味な人生を送っていたに違いない。だが、女かバクチにハマってヤミ金にでも手を出して暴力団に首根っこをつかまれたんだ。言う通りにしないと殺すと脅しつけられていたんだろうな。そんな状況で就職先を世話してやるからと徳永ホームに送り込まれた。この時点でヤクザは香里奈を殺す役者としてニセ荒木を使うことを決めていたのかもしれない」

「なるほど……」

「要するに、ニセ荒木は足のつかない鉄砲玉なのさ」

「しかし、そんなに手間を掛けて金を掛けて、暴力団は元が取れるのか」

織田の問いかけに上杉はちょっと考えて言葉を続けた。

「あるいは詐欺集団は暴力団自身ではないのかもしれない。ヤツらはセコいほど金勘定にうるさいからな。それに足のつく組員の鉄砲玉を使って何年かムショ暮らしをさせればいい話だ。そこを考えると、ヤクザは莫大《ばくだい》な金でニセ荒木を売っちまったのかもしれない」

「売ったって？」

織田の声は裏返った。

「そう。絶対に足のつかない鉄砲玉がほしい顧客に売った可能性がある。おそらく莫大な金を得たのだろう」

「どういうカラクリか教えてくれ」

「その組はホンモノの荒木のような家族のいない人間をターゲットにしてひそかに殺して遺体を処分してしまう。警察が捜索をしないような書き置きなどの工作もするから、ホンモノの荒木の肉体は滅んでも、戸籍や住民票は残る。つまり荒木重之の法律上の人格はこの世に存在したままとなるわけだ」

「その通りだ」

「次に、弱みを握ったニセ荒木のような別の人間をその戸籍や住民基本台帳に滑り込ませる。さらに新しい本籍地を作り運転免許も取らせて会社勤めもさせる。ホンモノの荒木の名前で別の人間が生まれる。足のつかない鉄砲玉の誕生でもあるわけだ」

「うーん、そういう仕組みか」

「足のつかない鉄砲玉とされたニセ荒木は、事故を装った殺人の実行犯として使われたわけだよ。だが、警察は作られた経歴を追いかけるからその犯罪性には少しも気づけない。交通事故の場合、捜査するのは交通部だ。彼らは刑事や公安じゃない。こんなにしっかりと作り込まれた嘘に気づけるはずはない」

上杉の説明は筋道が通っていると思えた。

「ひき逃げ犯……実は殺人の実行犯であるニセ荒木は、事故後間もなく自殺を装って殺されてしまう。後には不幸なひき逃げ事件だけが残るというわけか」

織田はうなりながら言った。

「そういうわけだ。俺はこの筋読みは間違っていないと思っている」

「となると、ニセ荒木を作り出した暴力団を見つけ出すのが先決だな」

「ああ、顧客と考えられる詐欺集団。つまり、香里奈が追いかけていた相手は、マルBに金を払っただけですべてを高いところから見物していたはずだ。容易に尻尾《しっぽ》をつかむことはできないだろう」

上杉は思慮深げに答えた。

「では、次の一手はどう打つ？」

「織田ばかりに働かせちゃ悪いからな」

「いや、働いたのはわたしじゃなくて長谷川だよ」

「部下を使うのは管理職の仕事だ」

「いまおまえには部下がいないが、一人で動けるのか」

「いや、真打ちの俺の出番はもっと後の話だ。まずは前座が高座に上がるんだよ」

上杉は奇妙な笑い声を立てた。

「なんのことかわからんが、暴力団関係はおまえに頼んでいいんだな」

「ああ、しばらくしたら、いい報《しら》せを伝えられるかもしれん」

「そうか、じゃもう一度乾杯だ」

織田がグラスを掲げると、上杉も微笑みを浮かべてグラスを手にした。

「優秀なる上司の素晴らしき仕事と、寒風吹く下北で働かされている気の毒な部下のために」

「おい、長谷川はいまはわたしの部下じゃないぞ」

「相変わらず生まじめな男だな。とにかく乾杯」

「ああ、乾杯」

酌み交わしているうちに、ソニー・クラークのアルバムは四曲目の"Deep Night"へと進んでいた。

安定したポール・チェンバースのベースに乗ったかろやかなピアノの音が《帆ＨＡＮ》の店内に響き続けていた。

フィリー・ジョー・ジョーンズのドラムソロに気分が浮き立つ。

（必ず真相を明らかにしてやる）

少しずつ姿を現し始めた凶悪事件の片鱗《へんりん》に、織田はあらためて熱意をたぎらせるのであった。

第二章　威《い》迫《はく》

【1】@二〇二〇年一一月一一日（水）

翌日の夜八時に上杉は関内《かんない》駅近くの福富町仲通《ふくとみちょうなかどお》りの《いろり》で、お通しのあん肝ポン酢を肴《さかな》に生ビールを飲んでいた。

カウンターには会社帰りのサラリーマン風の男が四人座っていた。

客の向こうで店主は気難しげな顔で焼き鳥を焼いている。

「いらっしゃいませ」

店主と同年輩のおばさんが愛想のよい声を出した。

入口に目をやったカウンターの客たちが一瞬静まった。

立っているのは坊主頭で目つきが悪い大男だった。

背が高いだけでなく、異様に体格がよい。木の根っこにも似て盛り上がった両肩は牡《お》牛《うし》を思わせた。

誰の目にもヤクザかプロレスラーにしか見えない。だが、黒っぽい地味なスーツ姿の男の正体は、神奈川県警刑事部組織犯罪対策本部の堀秀行《ほりひでゆき》警部補だった。

堀は暴力団対策課の主任。いわゆるマル暴刑事である。

捜査一課にいたこともあって、当時、管理官だった上杉と知り合った。

「おはようっす」

大きな声であいさつすると、堀はのっしのっしと巨体を揺らして上杉のテーブルに近づいて来た。

カウンターの四人の背中はいちようにこわばった。

「相変わらず、なに寝ぼけたこと言ってんだ」

「えへへへ。お待たせして申し訳ありませんでした」

愛想笑いを浮かべて堀は正面の椅子に腰を掛けた。

「忙しそうだな」

「貧乏暇なしってヤツですよ」

堀はにやにやと笑った。

「おばちゃん、こいつと俺に生中ひとつ。それから焼き鳥のバカ盛りとモツ煮ふたつね」

「はいよ、ちょっとお待ちくださいね」

店のおばさんは威勢よく答えた。

生ビールのジョッキをカチンとぶつけて二人は乾杯した。

白い湯気の上がるモツ煮に山椒《さんしょう》をパラパラとかけて口もとへ持っていった。味噌《みそ》とみりんがとろりと染みこんだモツの旨味《うまみ》が上杉の口中でじわっとひろがった。

ここの店の大将は口数は少ないが腕はいい。

「この前の事件じゃ世話になったな」

龍造寺《りゅうぞうじ》ミーナという少女にからんだ大事件で、上杉は堀に情報を提供してもらった。

堀は太い首をちょっと縮めた。

そのときに上杉の頼みで、堀は法令違反をしてくれた。

「あれ、大丈夫だったんですよね」

「ああ、すべて雲の上のほうで片づいている。俺やおまえみたいな下っ端が心配することは何もない」

「あれからしばらく寝つきが悪くて、夜中に何度もションベンに起きましたよ」

「おまえ、見た目と違ってけっこう小心者だな」

「見た目と違っては余計ですよ。だけど、俺は上杉さんみたいな無頼派じゃないですから」

「冗談言うなよ。俺は猫のようにおとなしく羊のように臆病《おくびょう》な男だ」

ぶはははっと妙な声で堀は笑った。

いつの間にか、カウンターの四人は会計を済ませて店を出て行っていた。

密談をするには好都合だった。

「単刀直入にいこう」

「待って下さい」

奈良の大仏よろしく堀は右の掌《てのひら》を前に突き出した。

「おい、その印相は『施無畏印《せむいいん》』といって『恐れることはありませんよ』という意味だ」

「へぇ、上杉さん詳しいっすね。仏像なんかに興味あるんですか」

「俺は仏像を見るのが好きなんだ」

「それこそ顔に似合わんですね」

「余計なお世話だ。奈良の大仏の右手だな。左手はどうやる？」

「こうですよね？」

堀は椅子をちょっと引くと左手の掌を太股《ふともも》のあたりで上に向けた。

「よし、いい覚悟だ」

「何言ってんですか？」

目をぱちくりさせながら堀は訊《き》いた。

「その印相は『与願印《よがんいん》』というんだ」

「たいしたもんだなぁ。高校の修学旅行んときに奈良の大仏は見ましたけどね。そんなことは初めて聞きましたよ」

堀は素直に感動している。

「うん、で、その『与願印』は『おまえの願いを叶《かな》えてやろう』という意味を持っている」

「やられた」

椅子を戻して自分の頭のてっぺんを堀はペチペチと叩《たた》いた。

「『施無畏印』と『与願印』とを組み合わせた釈迦如来《しゃかにょらい》尊の像は少なくないが、堀、おまえをお釈迦さまと思って頼みがある」

「上杉さん、早く言って下さいよ。俺に何をやれって言うんですか」

あきれ顔で堀は促した。

「実はな、この神奈川県内で背乗りをシノギのひとつにしていると思われる組がありそうなんだ」

「へぇ、偽装戸籍とか単なる戸籍売買じゃないんですか」

「もっと念入りなものだ。偽装戸籍や戸籍売買は単に犯罪に使える戸籍が手に入るだけの話だろう。だが、戸籍つきの、足のつかない鉄砲玉を生み出す凶悪犯罪なんだよ」

「なんです？　足のつかない鉄砲玉ってのは？」

堀はけげんに眉《まゆ》を曇らせた。

「実はな……」

上杉はホンモノの荒木重之の失踪《しっそう》からニセモノの荒木重之の自殺までを詳しく説明した。

堀は真剣な表情で耳を傾けていた。

「俺はその頃、捜査一課にいたわけですが、被害者は捜査二課の女性キャリアでしたよね。気の毒なことをしましたね」

「五条香里奈……俺にとっても大事な友人だった女性だ」

上杉は正直に言った。

鉄砲玉の飛び交うなかで生命の危険を共にした堀は信頼できる男の一人だ。なにを聞かせても心配なことはなかった。

「そうでしたか……」

堀は気の毒そうに口をつぐんだ。

「俺は彼女が追いかけていた事件の犯人に殺されたと思っている」

上杉は堀の目をまっすぐに見て言った。

「捜査妨害というわけですね」

真剣な顔つきの堀に向かって上杉は無言でうなずいた。

「この事件の真相を明らかにしたい。俺はつよく願っている」

「つまりかたき討ちですね」

堀の声はいくぶん湿っていた。

見かけによらず感傷的なところのある男なのだ。

「そうだ、かたき討ちだ。三〇歳の若さにして悪党に殺された友の仇《かたき》をとりたい」

「よっしゃ、俺も男だ。ひと肌脱ぎますよ」

自分の分厚い胸を堀はぽんと叩いた。

「そうか、さすがは堀だ。手伝ってくれるか」

「上杉さんの予想通り、背乗りやらせてたのが県内のマルBだとしたら、それこそ俺の仕事じゃないですか。お手伝いじゃないですよ」

堀は明るい声で言った。

「頼もしい返事を聞けたな」

「ただ、一〇日はほしいですね。何人もの情報屋から話を聞かなきゃならないでしょうから。組の名前がある程度浮き彫りになってきたら、場合によってはその組の三下とも接触します」

「マルBへのアプローチはおまえの専門だ。まかせるよ」

「そのろくでなしどもを、なんとかひっくくってやりたいですね」

「うん、背乗りをやらせてた組のヤクザどもを問い詰めて、陰に隠れている悪人をあぶり出してやる」

「よしっ、グッといきましょう」

「そうだな、飲もう」

上杉と堀はジョッキの中身を飲み干した。

「おばさん、生中ふたつね」

堀が威勢よく叫んだ。

【2】　@二〇二〇年一一月二〇日（金）

根岸分室を堀が訪ねて来たのはそれから九日後の午後六時頃だった。

堀から行くという電話が入ったので、上杉は缶ビールをしこたま買い込んでおいた。

ただし、つまみは乾き物しか用意していなかった。

夕方から天候が悪くなって、窓の外では冷たい雨が降っていた。

薄い天井から樹脂トタンの屋根に当たる雨音が響き続けている。

「いやぁ、外は寒いですよ」

ドアを開けて入って来た堀は身体を震わせている。

「お疲れ、まぁ、座れよ」

「失礼します。それにしても自分の城ってのはいいもんですねぇ」

ソファの向こうに座った堀は執務室を見廻《みまわ》しながら言った。

織田のように汚いだの掃除しろだのとうるさいことは言わなかった。

「そうか？　小汚い空き倉庫みたいなこんな部屋がいいのか」

「だって本部で部屋持ちは部長級ですよ」

「じゃあおまえも部長になれよ」

「無茶言わないでくださいよ。俺は地方《じかた》ですよ」

地方というのは都道府県警採用のノンキャリアの警察官を指す。ちなみに「ちほう」ではなく「じかた」と読む。

「無茶なもんか。県警本部でも警務部長、警備部長、刑事部長はキャリアだが、総務部長、生活安全部長、地域部長は地方じゃないか」

「地方と言っても、出世トップのお方たちですよ。俺とは人間のデキが違う」

堀は苦笑いを浮かべた。

「もうひとつ方法がある」

「なんです？」

「こんな牢獄《ろうごく》がいいなら、おまえも課長に言いたいことを言えよ。暴力団対策課三浦剱《みうらつるぎ》埼《さき》分室とか作ってもらえ」

「じ、冗談じゃないですよ。キャリアの上杉さんと違って、俺はクビになっちゃいますよ」

「わざわざ来てくれたのはいい話のようだな」

「もちろんですよ。根岸に来るのに手ぶらはあり得ませんから」

「その顔つきを見ると、たくさんお土産を持って来てくれたみたいだな」

「ええ、いろいろとわかりましたよ」

「飲む前に聞かせてもらおうか」

「そうですね、仕事済ませてからガッツリ飲みましょうか」

「ま、おまえがビールの一ダースくらいでひっくり返るとも思えないが」

「あははは」

堀はまじめな顔に変わると、牡牛《おうし》のような肩をちょっと反らして上杉の顔をじっと見た。

「結論から先に言います」

「おう、聞かせてくれ」

「指定暴力団朝比奈《あさひな》会系の三次団体である吉弘《よしひろ》組が関わっている疑いが濃厚です」

「朝比奈会系の組か」

「構成員は十数人の小さな組です。事務所は南区《みなみく》南太田《みなみおおた》です」

「なんだ、ここはすぐ近くじゃないか」

上杉は驚きの声を上げた。

「もともと闇金の元締め系がシノギだったんですが、最近はなかなか厳しいらしいんですよ」

「経済ヤクザか」

堀はかるく首を横に振った。

「どうしてどうして、結構荒っぽい連中が多い組です。五年ほど前にも対立している蜂《はち》須賀《すか》会系の二次団体高力《こうりき》組にカチコミかけて数名の逮捕者を出しています」

カチコミとはヤクザがほかの組に殴り込みを掛けることである。

「で、どうして吉弘組の名前が浮かんできたんだ？」

「まず第一に、吉弘組のヤツらは偽造戸籍や戸籍の売買に手を出しているらしいんです」

「そうか……戸籍をシノギとしているのなら疑わしいな」

上杉の胸は収縮した。

「だけどね、いまんとこ暴対《うち》じゃ尻尾《しっぽ》がつかめずにいます」

堀は冴《さ》えない声で続けた。

「玄人はそのあたりは厄介だな」

素人の犯罪者は警察に対する認識が甘い。警察が犯罪をどこまで執拗《しつよう》に調べるかをわかっていないのだ。ところが、暴力団などはその点をしっかり把握している。

カチコミのようなデモンストレーション的行動は別として、ふだんのシノギは実に狡《こう》猾《かつ》に行われていてなかなか尻尾がつかめない。そうでなければ、稼業として成り立つものではない。

「二番目はもっと決定的です。吉弘組は同じ朝比奈会系の三次団体である皆川《みながわ》組とつきあいが濃厚なんですよ」

堀は胸を張った。

「なんだ、その皆川組ってのは？」

上杉は具体的な組の名前をそれほど知っているわけではない。

「これまた組員十名ほどのチンケな組で、シノギは飲食店からみかじめ料とったり密漁やったりしてるらしいんですが、組事務所がどこにあると思います？」

「早く言え」

「へへへ、青森県むつ市田名部なんですよ」

「そうか……」

上杉の声は乾いた。

「だから、ホンモノの荒木重之を殺《や》っちまったのはこの皆川組の連中かも知れないと思いましてね。なにせむつ市にはもうひとつしか組事務所はないですからね」

「下北で荒木を消した連中は土地勘のあるヤツらと考えたほうがいいからな」

「ねっ、この二つの条件だけでも、じゅうぶんにヤツらの仕業と考えられるでしょうが」

堀は得意げに言った。

「間違いない、吉弘組と皆川組がつるんでニセ荒木を作り上げたんだ」

上杉はあごに手をやってうなった。

「だけどねぇ、こいつもまだ推理に過ぎんのです。尻尾をつかんでいるわけじゃありません。暴対が吉弘組に踏み込めるにはほど遠い状況です」

「さぁて、この先、どうやって駒を進めるかな」

上杉は腕組みをして鼻から大きく息を吐いた。

尋常な手段では吉弘組に風穴を開けることはできそうにない。

「ま、一杯やろうか」

「そうですね、盛大に飲みましょう」

堀は舌なめずりした。

上杉が冷蔵庫に向かったそのときだった。

ドアチャイムが鳴った。

「こんな時間に誰だろう？」

こんな時間もなにも、根岸分室にはほとんど人の訪れがない。

最近では織田が来たくらいだ。

その前に来たのは真田《さなだ》だったか。

「いい女《ひと》なら、俺帰りますから」

堀はにやにや笑っている。

「馬鹿野郎、ここは女人禁制だ」

上杉は首を傾げながら、戸口近くの壁に歩み寄った。

「はい、どなた？」

インターホンのモニターに見知らぬ若い男が映っている。

「近くの者ですが、壁のパイプから水がすげえ出てるんですけど」

灰色のフードとマスクのせいで男の顔はよくわからない。

「あ、そりゃどうも」

上杉は舌打ちした。

根岸分室は、廃止された機捜分駐所の建物を手入れもせずに使っているので、あちこちガタが来ている。
壁に延びている雨水排水用のパイプも何か所も穴が開いていた。
ドアノブを引いた瞬間に、脳裏にちかっとキナ臭いものが走った。
「堀っ、伏せろっ」
叫ぶと同時に上杉は身を翻し、一メートルほど横飛びした。
ブシュブシュブシュ。
消音器つきの拳銃《けんじゅう》の発射音が響いた。
闇のなかに閃光《せんこう》が立て続けに明滅した。
ガシャン。
正面に掛けてあったサムホールサイズの油彩画の額のガラスが砕け散った。
幸い弾丸は上杉には当たらなかった。
硝煙の臭いが上杉の鼻を衝いた。
男はぼう然として突っ立っている。
「この野郎っ、殺すぞっ」
上杉は力の限り声を張り上げた。
男の瞳《ひとみ》に見る見る恐怖の色が浮かび上がった。
くるっと踵《きびす》を返した男は、踏み板を鳴らして外階段を駆け下り始めた。
くたびれたスチールの外階段が激しくきしんだ。

「おいっ、堀、生きてるかっ」

上杉は背中で叫んだ。

「なんとか……」

堀の震え声が返ってきた。

上杉の胸にぱっと明るいものがひろがった。

「通報するなよ」

すぐそばの壁に立てかけてあった二本のトレッキング・ポールを上杉は鷲《わし》づかみにした。

「う、上杉さん……なにを……」

返事をせずに上杉は外へ飛び出した。

男が道路へ走り出るところだった。

「待てっ」

上杉は短く叫んだ。

横殴りの雨のなか、見る見るフードジャケットの背中が遠ざかってゆく。

街灯に照らされた男の姿は、階段の下から数メートルの距離まで隔たった。

階段の上から上杉はトレッキング・ポールを男の背中めがけてまっすぐに投げた。

ポールは狙い過たず男の右の肩甲骨あたりに当たって路面に落ちた。

「うわっ」

男は驚いて叫んだ。

拳銃が路上に転がる音が聞こえた。
肩をこわばらせた男は、その場に前屈《かが》みになった。
上杉は階段を一気に駆け下りた。
両脚の裏に力を込めて上杉は路面を蹴《け》った。
篠突《しのつ》く雨は上杉のシャツを濡《ぬ》らしてゆく。
両者の距離は二メートルほどか。
体勢を立て直すと、男は素早く拳銃を拾った。
銃口が上杉に向けられた。
上杉の背中に汗がにじみ出た。
「うりゃっ」
次の瞬間、上杉は残った一本のポールを男の顔めがけて力いっぱい投げつけた。
「うわわわっ」
反射的に拳銃を投げ出して、男は自分の顔を両手で覆った。
拳銃は道路の端にすっ飛んだ。
右手の甲にぶつかってポールも路上に落ちた。
上杉はだっと男に迫り、右のすねに蹴りを入れた。
「ぐへっ」
男は飛び上がって叫ぶと、必死で身体を起こした。

ベルトのホルダーに隠し持っていたナイフを構えた。

素手の上杉の額に汗が噴き出して降る雨に流れた。

「くそーっ」

男はナイフを突き出して、いきなり上杉に向かって突進してきた。

街灯の光にナイフがギラリと反射した。

胸を狙ったナイフが間近に迫った。

素早く上杉は身をかわして鋭い切っ先を避けた。

上杉は右手で男の右拳《こぶし》をつかんだ。

同時に左手で男の肘《ひじ》をつかんでつよい力でねじった。

「うぎゃっ」

男が取り落としたナイフを上杉は右足で蹴った。

ナイフはズズッという音を立てて路面を滑った。

左手も男の手首に掛け、上杉は両腕に力を入れて思い切りひねった。

「うおっ」

男の身体が回転して路面に転がった。

「この野郎っ」

上杉は男の背後に回ると、右腕をひねって背中で脊椎《せきつい》側にそらした。

「ぐおおっ」

男は痛みに堪えかねて悲鳴を上げた。

「痛たたっ、痛《いて》えよっ」

「おとなしくしないと、このまま腕をへし折るぞっ」

「だって痛えからっ」

男は泣き声を上げながら、身体を路面に伏せた。

この体勢では痛みから逃れるためには男はうつ伏せになるしかない。

上杉は逮捕術の技術を使っている。

「上杉さーんっ」

堀の声が背後から近づいて来た。

「堀、この野郎《わっぱ》に手錠かけろっ」

上杉は背中で叫んだ。

「了解っす」

堀は上杉たちに歩み寄ると、巨体には似合わぬ迅速さで、上杉がねじ上げている右腕に黒い手錠を掛けた。

ガチッという音が聞こえた。

上杉が手を放すと、男はほっと息をついた。

堀は左腕をねじ上げて手錠を掛けた。

男は背中で左右の腕を手錠でつながれた。

「おい、小僧、立てや」
堀の言葉を無視して男は路面に伏したままだった。
「ここで寝ているなら、おまえの背骨を靴で踏み折ってやろうか」
上杉は低い声で脅しつけた。
舌打ちしながら男は渋々立ち上がった。
上杉は道ばたに転がっていた拳銃を拾い上げた。
ロシア製のマカロフらしい。暴力団に出回っていることが多い拳銃である。
一瞥《いちべつ》した上杉は拳銃を腰のベルトに差した。
「おい、顔見せろや」
堀は男がかぶっていたフードを後ろにぐいと引っ張った。
続けてマスクを剝《は》ぎ取る。
ふてくされたような男の顔が現れた。
上杉はあらためて男の顔を見た。
まだ若い。二〇代前半くらいだろう。
あごの尖《とが》った逆三角形の色白の顔はパーツが小作りで意外におとなしそうに見える。
だが、目つきが悪い。
世をすねたような暗く狂暴な目つきだった。
ロクな生き方をして来なかったと両目に書いてある。

ベリーショートというより、ほとんどボウズの髪は赤茶に染めてあって、両耳にはいくつかのピアスが光っていた。

「おまえどこの鉄砲玉だ？　あん？」

男のあごにかるく手を掛けると、堀はヤクザのように問い詰めた。

男は黙ったままそっぽを向いた。

「おい、なめてんじゃねぇぞ」

声を尖らせて堀は男のあごをぐいっと上に突き上げた。

「堀、まぁいい。俺が聞きゃあこいつは答えるよ」

「ふんっ、バカじゃねぇの」

男は吐き捨てるように言った。

中性的にも聞こえる甲高い声だった。

「ところで、堀、通報しなかっただろうな？」

「ええ、でも、応援呼んでこの馬鹿野郎をさっさとぶち込んだほうがいいんじゃないんですか？」

「いや、こいつは俺が預かる」

「どういう意味ですか」

「こいつの親玉んとこに案内させるんだよ」

上杉の言葉に男はせせら笑った。

「馬鹿言うんじゃねぇよ、口を割るわけないだろ」

男は小馬鹿にしたようにあごをしゃくった。

「言いたくなかったら、言わなくてもいいんだぞ」

上杉はベルトから拳銃《けんじゅう》を引き抜いて、二メートルほどの位置から男の顔に向けた。

「おまえ警官だろ？」

だが、男は薄ら笑いを浮かべた。

銃口を突きつけられているのに、なかなか度胸のある男だ。

「そうだ、おまえは知っているはずだ」

「警官が俺を撃つわけねぇじゃんか」

相変わらず男の口もとの薄ら笑いは消えない。

「おまえ、まだ死にたいわけじゃないんだろ」

上杉は静かに恫喝《どうかつ》した。

「なにイキってんだよ」

男は強気を崩さなかった。

プシュッ。

上杉は黙って男の肩越しに一発撃った。

「うひゃっ」

男は震え上がった。

真っ青な顔色に変わって首を縮めている。

「次はおまえに当てるぞ」

「こ、こけおどしはやめろよ……」

男は舌をもつれさせた。

「知らねぇだろ。この人はな、現場でおまえのようなイカレ野郎を三人もぶちのめしたんだ。一人は頸椎《けいつい》を折られて半身不随、もう一人は右目を潰《つぶ》された。三人目は……」

「その話はよせ……」

上杉は短く遮った。

もちろん堀のハッタリだ。だが、こういう当意即妙は、マル暴刑事ならではだ。

「嘘だ……」

男はかすれ声で答えた。

「嘘じゃねぇよ。だから、あんなボロ部屋に左遷されちまったんじゃねぇか」

堀は面白そうに言った。

「……本当の話か……」

男の目が震えている。

「顔は撃たない。殺しちまうと後が面倒だからな。まずはスネの骨でも砕いてやろうか」

「待ってくれ。歩けなくなっちまう」

「じゃあ、素直に吐くんだ。おまえはどこの鉄砲玉なんだ？」

男は黙ってうつむいた。

「黙ってるなら喋《しゃべ》らせてやるぞ」

上杉は銃身を上下にゆらめかせた。

「……吉弘組だ」

うめくように男は答えた。

「ま、それ以外にはないだろうな」

「知ってるなら訊《き》くなよ」

男は力なく苦情を言った。

「確認しただけだ。それじゃこれからドライブだ。おまえを吉弘組の大将のところに連れてってやる」

「そんなことしたら俺は殺されるじゃんか」

身をよじって男は訴えた。

「心配するな。おまえの生命は保証してやる」

「信じていいんだな」

男は必死の目で上杉を見た。

「俺は警官だ。国家権力を背負ってんだ。吉弘組だの朝比奈会がどんなに強いか知らないが、国家権力の前にはゴミみたいなもんだ」

自嘲《じちょう》的に上杉は苦笑いした。

「ただし、おまえはブタ箱行きだがな」

堀が笑い混じりに言った。

「ブタ箱行きははなっから覚悟してる。しくったから、戻ってもただじゃすまねえ……」

男は暗い声で答えた。

「よくわかってるじゃないか」

「俺だってバカじゃねぇ」

「おまえが意外とバカじゃなくてよかったよ。吉弘組はおまえのことを歓迎してくれるはずがない。こうなったら、警察に協力したほうが絶対に得だ。いまさら俺に反抗しても損でしかない」

「反抗なんてしねぇよ」

「よし、じゃあ小僧、まず名前を教えろ」

「高橋《たかはし》……」

「じゃあ高橋、南太田までドライブだ」

高橋はこくりとうなずいた。

もはや逆らうよりも従った方が得だと判断したようである。

上杉は拳銃をベルトに戻した。

「この男が襲撃してくれたおかげで、次の一手が見つかった」

「何をやるつもりなんすか」

「殴り込みに決まってるだろ」

上杉は淡々と答えた。

「おい高橋、組長《オヤジ》はいま事務所にいるか」

「たぶん……俺の連絡を待ってるはずなんで」

「成功したら、次の指示を与えるっていうヤツか」

「そんな話だよ」

「とにかくおまえがオヤジんとこに案内しろ」

高橋は身を硬くした。

「いいな」

上杉が念を押すと、力なく高橋はうなずいた。

「俺も行きますよ」

堀が気負い込んで言った。

「いや、おまえはマズいよ。始末書じゃすまないぞ」

「大丈夫っすよ。覚悟はできてます」

「おまえいつからそんな肝っ玉の太い男になったんだ？　この前の中華街じゃやたらビビってたじゃないか」

「参ったな……あれとこれとは話が違いますよ」

堀は頭を掻《か》いた。

上杉は一瞬考えたが、堀にはやってもらいたいことがある。

「そうだな、おまえも一緒に行ってもらうか。後の都合もあるしな」

「毒を食らわば皿までってヤツです」

「毒ってなんのことを言ってるんだ？」

「もちろん」

堀は上杉を指さした。

「馬鹿野郎、行くぞ」

上杉は支度をするために根岸分室へと踵《きびす》を返した。

まだ七時過ぎだろうが、この通りは陽が暮れるとほとんど人通りがない。

周囲も修理工場や公園で住居はほとんどない。

いまの騒ぎも誰にも気づかれてはいなそうだった。

駐車車両も一台もなかった。

いつの間にか雨は上がっていたが、まずは濡《ぬ》れ鼠《ねずみ》のこの服を着替えたい。

根岸の工業地帯上空の雲がぼおっと光っていた。

【3】

南太田の吉弘組事務所は県道平戸《ひらど》桜木通《さくらぎどお》りに面したビルにあった。

マンションの間に店舗がパラパラと散在していて、どことなく雑然としているがこれと言って特徴のないエリアだった。

京浜急行線《けいひんきゅうこう》のガードに近い場所で、落ち着かない電車の通過音が響いてくる。

ビルは茶色いタイルを張った間口の狭いRC構造の二階建てで、外からは組事務所を思わせるような表示はなにも見当たらなかった。

暴力団対策法第二九条等によって、組事務所に組の名称が記された看板や代紋等を掲示することは禁止されている。

少し離れた場所でランクルを歩道に乗り上げて停めると、上杉はエンジンを止めた。

ビルの二階には灯《あか》りが点《つ》いている。

「どうやら高橋の言うことに嘘はなかったな」

後部座席の高橋に向かって上杉は言った。

「だから言ったろ。俺の連絡を待ってるって」

「オヤジに電話を掛けろ」

「なんて言えばいいんだ？」

目をパチパチと瞬かせて高橋は訊いた。

「うまく殺《や》ったが、サツに気づかれたから逃げてきた。事務所の前にいるから助けてくれって、そう言え」

上杉の言葉に高橋は大きく首を横に振った。

「そんなこと言ったら、入口を開けてくれねぇよ」

「開けるさ」

「開けるわけねぇよ」

高橋はふくれっ面になった。

「ただ、つけ加えろ。いまサツにはつけられてない、とつけ加えるんだ」

「そう言ったら、どうなるんだ？」

「開けておまえを建物に引き入れてからバラすさ。それから死体を横浜港に沈めるだろう」

「そんなまさか……」

高橋は絶句した。

「おまえも脳天気だな。温泉で静養させてもらえるとでも思ってるのか。鉄砲玉なんてのはサツにつかまってこそ役目が果たせるんだ。それを逃げてきたら消されてあたりまえだ」

両目を大きく見開いて高橋は身を震わせた。

「嫌だ。俺は死にたくねぇ」

高橋は悲鳴のような声を上げた。

「だから俺がいる限りおまえの生命は大丈夫だ。心配するな」

上杉の頼もしい声に、高橋は小さくあごを引いた。

「それであんたどうするつもりなんだ？」

「おまえと一緒にオヤジにご対面さ」

「若い衆が何人もいるぞ。うちは武闘派だからな」

「そんなのは最初からわかっている」

「無茶だ」

高橋は首をすくめた。

「無茶は承知だ……堀はここで待機してくれ」

「冗談じゃない。上杉さんを一人で行かせられませんよ」

堀が驚きの声を上げた。

「どうせ二〇分でカタがつく。二〇分後に俺から電話がなかったら、応援呼べ」

「応援……誰を呼ぶんですか」

堀はぽかんとした顔で訊《き》いた。

「おまえの部下を呼べよ。本部からだってたかだか三キロだ」

「話《ナシ》つけるだけだと思ってましたよ」

「そうだ、話をつけるだけだ」

「だったら俺も行きますよ」

「俺一人でたくさんだ。堀は後方支援だ」

「後方支援って言っても……」

堀はありありととまどいの顔を見せた。

「だからさ、俺が帰ってこなかったら、応援を呼んで踏み込んで吉弘組のヤツらを検挙しろ」

「令状《おふだ》も取ってないんですよ。検挙なんてできませんよ」

「いいか、俺が帰ってこないってことは、警官殺しの現行犯で逮捕できるんじゃないか」

「そんな無茶な」

堀は身を反らした。

「高橋とおんなじようなこと言うなよ」

「しかしですね」

「ヤツらが俺の死体をコンクリ詰めにして横浜港に沈めてからじゃ遅いんだ。帰って来なかったら、すぐに応援呼んで踏み込め」

「だけど……」

「大丈夫だ。俺に考えがあるんだ。言う通りにしろ」

上杉は堀の肩をぽんと叩《たた》いた。

「わ、わかりましたよ」

堀は不承不承うなずいた。

上杉は運転席から外へ出て後部ドアを開けた。

「さぁ、高橋、オヤジとご対面だ」

よろよろと高橋はクルマから降りてきた。

さすがに頬が引きつっている。

「ほら、しゃきっと立てよ」

高橋は落ち着きなくゆらゆらと身体を揺すっている。

「いいか？　二〇分だぞ」

代わって運転席に座った堀に念を押した。

「わかりました。八時になっても連絡なければ応援呼びます」

心なしか緊張気味の声で堀は答えた。

「さ、いよいよ殴り込みだ」

上杉は腰のホルスターから自分のＰ２０００を取り出した。

「あんたの拳銃《けんじゅう》か」

「そうだ、おまえのマカロフよりはかなり性能がいいぞ」

Ｈ＆Ｋ社の小型オートマチック拳銃で威力のほどは頼りないが、県警から自分が貸与されているのはこの拳銃である。

それでもＳＡＴが使っているサブマシンガンＭＰ５Ｋと同じ９ミリパラベラム弾を使える。

取り上げたマカロフは根岸分室の保管庫にしまってきた。

上杉はジャケットの消音器を取り出してＰ２０００に取り付けた。

この消音器は上杉が申請して特別に配備してもらったオプションだ。

「逃げ出すようなバカなこと考えるなよ。こいつの餌食《えじき》だぞ。足を撃ってやるが、外れても保証はしない」

「いまさら逃げねぇよ」

ふてくされたように高橋は答えた。

ここで逃げても得策でないことはわかっているはずだ。

上杉は組事務所の入口に歩み寄っていった。

うつむきながら高橋もすぐ後を従《つ》いて来た。

入口はどこでも見かけるガラス窓の入ったアルミドアだった。

ドアノブを引いたが、当然のように施錠されていた。

「じゃあ、高橋、オヤジに電話しろ」

「だけど、これじゃあ携帯出すこともできねぇよ」

高橋は尖《とが》った声を出した。

「携帯はどのポケットに入ってんだ？」

「パーカーの右ポケットだ」

右ポケットを探るとたしかにスマホが入っていた。

「ロック解除は指紋認証か？」

「そうだよ」

スマホを高橋の顔の前に突き出す。

「指は動かせるだろう？」

むっとした顔で高橋は液晶画面に指を当てた。

「オヤジの電話番号はどこにある？」

「発信履歴に残ってるよ」

上杉は発信履歴から「オヤジ」と書かれている番号を選び出した。

「もう一回、教えるぞ。『うまく殺ったが、サツに気づかれたから逃げてきた。事務所の前にいるから助けてくれ。サツにはつけられてない』……そう言うんだ」

「わかったよ」

「ほかのこと言ったら、おまえをこの場に捨てて俺は帰るからな。そうすりゃ、おまえは横浜港行きだ」

「言われたとおりにするよ」

力なく高橋は答えた。

幸いにも搭載されていたスマホの録音機能をオンにした。

番号をタップすると、上杉はスマホを高橋の顔の前で保持した。

「さぁ、電話を掛けたぞ」

しばらくすると、相手が出たらしい。

「あっ、オヤジさんっすか。高橋です。殺《や》りましたよ。頭に二発。完璧《かんぺき》です」

相手が大きな声を出しているが、内容までは聞き取れない。

「だけど、ヘタ打っちまったんです。サツに気づかれたんですよ。逃げてきました。事務所の前にいるんで開けて下さい。ええ、サツは撒《ま》いてきました。頼みます」

電話は切れた。

「おまえなかなか芝居が上手《うま》いじゃないか」

「まぁな」

高橋はふんと鼻を鳴らした。

どうせ特殊詐欺の掛け子かなにかをやっていたのだろう。

上杉は高橋のスマホを右のポケットに突っ込むと、左のポケットから自分のスマホを取り出した。

録音アプリを起《た》ち上げて、ふたたび左ポケットに戻した。

「さぁ、俺の横に黙って立ってろ」

上杉はドアから一メートルほど離れて拳銃を構えた。

間もなく不透明の網入りガラスの向こうで蛍光灯の灯《あか》りが点《つ》いた。

内側で解錠する音が響いた。

ドアは音を立てて内側から開いた。

「おう高橋……」

中背の痩《や》せた茶髪の男が姿を現した。ブルーとシルバーのスカジャンを着ていて、高橋くらいの年頃である。

隣に立つ上杉を見て、若い男は目の玉が飛び出そうな顔になった。

「なんだおまえ？」

上杉は銃口を若い男に向けた。

男は反射的に両手を挙げた。

「う、撃たないでくれ」

聞き取れないほどの低いかすれ声で男は訴えた。

「撃たれたくなかったら、ドアから外へ出ていけ」

渾身《こんしん》の力で睨《にら》みつけると、上杉は低い声で男を脅した。

男はこくりとうなずくと、両手を挙げたまま建物から飛び出していった。

「オヤジは二階だな」

「ああ、一階は部屋住みが寝るとこだ」

「よし、踏み込むぞ」

上杉は建物に足を踏み入れた。

一階の廊下はコンクリートにアイボリーの塗装が施された殺風景な雰囲気だった。

湿っぽい臭いが漂っているが、掃除はきちんとされていて清潔感があった。

右手すぐに二階に続く階段があった。

誰にも会うことはなく上のようすにも変化はないなかで二階に辿《たど》り着いた。

二階も同じようなアイボリーの壁だったが、階段を上がった正面に立派な木扉が見えた。

「この部屋だな」

「ああ……ここにオヤジはいる」

前に立たせると、高橋は振り返って尖った声を出した。

「おい、俺を盾に使う気か」

「最初だけだ。おまえなんぞ盾にならんよ」

上杉が低く笑うと、高橋は黙った。

扉の前で上杉は拳銃を構え直した。

「ドアをノックして帰ったと名乗れ」

「わかった……」

高橋はかすれ声で答えた。

力なく木扉を叩《たた》く。

「声を出せ」

上杉は低い声で命じた。

「高橋っす。戻りました」

震え声を抑えて高橋は言った。

「おう、入ってこい」

ドスのきいた低い声が響いた。

「いいか、動くなよ」

上杉は高橋に低い声で命じた。

左手でドアを開けると、高橋の背中をどんと突いた。

「うわっ」

高橋は前のめりになってうつ伏せに転んだまま動かない。

事務所内が見渡せた。

正面の黒革のソファにグレー縞《しま》のダブルのスーツを着た男と、白っぽいジャージ姿の丸坊主の男が座っていた。二人とも三〇代終わりくらいで著しく体格がよい。

右手の大きな木製デスクの椅子に、黒シャツと黒いレザーテーラードを着た五〇代半ばくらいの男が座っていた。腕には金色に輝く高級腕時計をつけている。

黒々とした髪をオールバックにしたこの男が、吉弘組長に違いない。

上杉は拳銃《けんじゅう》の筒先を組長らしき男に向けた。

「動くなっ」

腹の底から叫ぶと、三人はいっせいに動きを止めた。

「なんだぁ？　てめえは？」

縞スーツの男が腰を浮かせかけた。

「動くんじゃないっ」

上杉が声を張ると、縞スーツの男は身を硬くした。

「動いたら、オヤジはあの世行きだ」

縞スーツの男を、上杉は低い声で脅した。

「銃をしまってくれんか、それじゃ話ができない」

組長らしき男は顔色も変えず、落ち着いた声で言った。

さすがに度胸が据わっている。

「そうはいかないな、あんたがここのボスの吉弘だな」

上杉も静かな声で尋ねた。

「ああ……吉弘だ。あんたの名前を聞かせてもらおうか。お互い名乗るのが礼儀だろう」

吉弘は無表情のままで訊《き》いた。

「たしかにそうだな、俺は刑事部根岸分室の上杉だ」

「警官か」

「そうだ、おまえらが殺し損ねた男だよ」

「なんの話だ？」

眉《まゆ》も動かさずに吉弘はとぼけた。

「おまわりが拳銃撃つわけないだろ」

ジャージの男がせせら笑った。

上杉は筒先をさっとジャージ男の方向に向けた。

ためらわずにトリガーに力を込める。

バシュッ。

乾いた銃声が響いた。

ジャージ男の後ろの棚に置いてあった花瓶が派手な音を立てて砕けた。

「イ、イカれてる……」

「バカな……」

舌をもつれさせてジャージ男はガチガチに硬直した。

隣の縞スーツ男も目を見開いて身体を引き攣《つ》らせている。

上杉は銃口を吉弘に向け直した。

「虚仮威《こけおど》しはやめろ」

吉弘は不快そうに眉をひそめた。

なかかな手強《てごわ》い男だ。

「俺は県警の鼻つまみ者でね。被疑者を何人も怪我させている。だから、根岸分室なんてところに流刑になってるんだ」

平板な調子で上杉は脅した。

確保時に被疑者に怪我をさせたのは事実だが、戦わなければ殺されていた。こういうシチュエーションではない。

「ふざけるな」

吉弘はつよい口調で言った。

「ふざけてるのはあんただよ、組長」

「なんだと」

吉弘は声を尖《とが》らせた。

「高橋の小僧を鉄砲玉に使って俺を殺そうとしただろ」

上杉は吉弘の目を見据えながら語気強く言った。

「さぁ……知らんね」

平然とした顔で吉弘は答えた。

「証拠があるんだぞ。さっきの電話のあんたと高橋の会話も録音してある。声紋鑑定すりゃ、組長、あんたの声だってすぐわかるさ。殺人の教唆でブタ箱行きだ」

上杉はおもしろそうに言った。

眉毛をぴくりとさせて吉弘はしばし黙った。

「高橋、おまえどこまでバカなんだ」

ちらっと高橋へ視線を移して、吉弘は怒りとあきれが混じったような声を出した。

「すんません、このデカに銃突きつけられてたんで」

当の高橋は伏せた姿勢のまま床に頭を擦《こす》りつけて詫《わ》びた。

「で、おまえはなんのために一人で乗り込んで来たんだ？」

上杉に向き直った吉弘はあごをちょっと上げて訊いた。

「話をつけるためだ。俺を襲ったことは見逃してやってもいい」

ゆっくりとはっきりした口調で上杉は言った。

「ほう、いくらほしい?」

吉弘の顔に狡猾《こうかつ》な笑みが浮かんだ。

「俺をなめるなっ」

上杉は窓ガラスが震えるほどの声で叫んだ。

吉弘は身を仰《の》け反らせた。

「おまえの要求を言え」

かすれがちの声で吉弘は言った。

「荒木重之の話を聴かせてもらおうか」

上杉は一語一語はっきりと発声した。

「誰だ、そいつは?」

平板な声で吉弘は訊いた。

「一〇年前に山手の谷戸坂で一人の女性警察官僚を轢《ひ》き殺し、何者かに証拠隠滅のために消された男だよ」

「さぁ……知らんな」

吉弘の声音は変わらなかった。

「もっとも、その荒木重之はニセモノだ。ホンモノの荒木重之は恐山付近でおそらく殺されている」

「ホンモノだのニセモノだのとわけがわからんよ」

低い声で吉弘は笑った。

「あんたらと、むつ市の皆川組で作り上げた架空の人物がニセモノの荒木重之だ」

「なにを言ってるんだ。あんたの言うことはさっぱりわからんぞ」

吉弘は首を小さく横に振って小馬鹿にしたような声を出した。

「むつ市の皆川組とはつきあいがあるんだろ？」

「まぁ、つきあいはあるが。とくに親しくしているわけではない」

隠しても調べればわかると考えたのだろう。

吉弘は正直に答えた。

「青森県警と連携捜査をして、あんたはホンモノの荒木重之殺しの共同正犯として逮捕してやるぞ。続々と証拠は上がってくるはずだ」

上杉は畳みかけるように言ったが、吉弘はとぼけた薄笑いを浮かべた。

「意味のわからんことを言うな」

「いつまでもとぼけるつもりか。答えないと厄介なことになるぞ」

「どうなるってんだ？」

吉弘はあごを突き出した。

「俺はな、このヤマに生命を張ってんだ。おまえをひっくくって窓から吊《つる》すくらいのことはなんでもない」

上杉は拳銃を構え直すと、ゆっくりと言葉を継いだ。

「手始めに肩の骨でも砕いてやろうか」

「やめろ……おまえの得にはならんだろう」

吉弘はかすれた声を出した。

「聞いてなかったのか、俺はこのヤマに生命を懸けている。自分の損得なんぞかんがえちゃいないんだ」

上杉は銃口をしっかりと吉弘に向けた。

「わ、わかった……では、話すが、皆川組の連中が青森で何をしたかは知らん。ただ、戸籍を買っただけだ。失踪《しっそう》した男の戸籍を売るという話があったからだ」

「なぜ、戸籍を買った」

「ある注文があったからだ」

吉弘は言葉少なに答えた。

「足のつかない鉄砲玉を売ってほしいって注文だな。それであんたは、愛平住建……どうせ企業舎弟なのだろうが、その愛平住建の推薦というかたちでニセモノの荒木重之を徳永ホームに勤めさせた。まともな一般人の経歴を作って、真人間のように見せかけた」

「よく調べたな」

吉弘は目を見開いて絶句した。

「あんたもヤクザなら、俺たちがどこまでしつこく調べるか知っているだろう」

「まぁ、おまえの言ったような話だ。だが、たいした罪じゃない。こっちもいい腕の弁護士が付いているんだ。まぁ、罰金刑で済むだろう」

平然とした口調で吉弘は答えた。

「だが、あんたはニセモノの荒木重之に女性官僚を轢き殺させた」

「ちょっと待て。俺はそんなことはやっていない」

上杉の言葉に吉弘は目を大きく見開いた。

「あんたがニセモノの荒木重之に命じて殺させたんだろう?」

「違う。俺はそんなことは知らん」

激しい口調で答えて吉弘は顔の前で手を振った。

「いや、あんたは女性官僚を殺したんだ」

上杉は声を限りに詰め寄った。

「馬鹿なことを言うな。俺は鉄砲玉を提供しただけだ。戸籍売買については違法性があるか知らんが、ほかの犯罪は一切やっていない」

つよい口調で吉弘は否定した。

「嘘を吐くな。おまけに、あんたはニセ荒木も殺したに違いない」

「違う。そんなことは俺は知らん。荒木が人を轢いたのも、死んだのも俺の知ったことではない」

「自殺に見せかけて殺したんだろう」

あえて上杉は追及し続けた。

「知らんと言ってるだろう。俺は荒木重之の戸籍に背乗りした男を売っただけだ」

吉弘の目は嘘を吐いていないように見えた。

上杉の目的は、吉弘の犯罪を追及することではない。あくまでも香里奈を殺した者を追い詰めることにあるのだ。

「背乗りした男っていうのは何者なんだ」

ゆっくりと上杉は訊《き》いた。

「臼杵《うすき》速人《はやと》という男だ。桜木町にある中国相手の食品輸入商社に勤めてた。きまじめなサラリーマンだった男だよ」

「そうか、それで中国語が得意だったんだな」

ニセ荒木、いや臼杵が、中華街で流ちょうな中国語を話していたことが腑に落ちた。

密入国者でも正体不明の外国人でもなかったわけだ。

「まぁ、そこそこ話せたらしいな。だが、新宿のキャバ嬢に入れあげたのが運の尽きだ。そのキャバ嬢の紹介でインチキ博奕《とばく》にはめられてな、借金まみれで首が回らなくなっちまったんだ」

吉弘は口もとを歪めて笑った。

「おまえらの仕業か」

だが、吉弘ははっきりと首を横に振った。

「いや、臼杵をはめたのはうちじゃない。俺はそんなまどろっこしい仕事は好きじゃないんでね」

「じゃあ、別の組なのか」

「それは言えない」

吉弘は硬い表情で突っぱねた。

「ヤクザ同士の仁義か」

上杉は笑った。

「とにかく言えない」

吉弘はいらだちの声を上げた。

だが、上杉はそれ以上は突っ込まないことにした。

この問いに、吉弘はなかなか口を割らないだろう。

いまさら死んだ臼杵を借金まみれにした者を追いかけたところで詮《せん》ないことだ。

訊きたいことはほかにある。

「とにかく俺は臼杵を買っただけなんだ。それ以前の臼杵のことなど知らない」

吉弘はしれっと答えた。

この連中は実質上の人身売買をなんとも思っていない。

胸が悪くなったが、上杉は問いを続けた。

「臼杵を買ってからどうしたんだ？」

「皆川組から買った戸籍をあてがって、身元のわからない鉄砲玉を作った。すべて注文に応じただけだ」

「注文者は誰だ」

「津田《つだ》信倫《のぶみち》という男だ」

「何者だ？」

「戸籍売買や偽装戸籍、背乗りなんかを扱うブローカーだ」

「そんなブローカーが存在するとはな」

上杉はうなった。

「ヤクザより始末が悪い。人間を人間とも思っていない血も涙もない男だ」

吉弘は吐き捨てるように言った。

「どこに住んでいる？」

「神奈川《かながわ》区の橋本町《はしもとちょう》という埋立地のハーバータワーって立派なマンションに住んでるよ」

「ハーバータワーだな？」

「ああ、間違いない……手を動かしてもいいか？」

「妙な真似をすると撃つぞ」

「津田の名刺があるから貸してやる。津田の悪事を調べてみろ。臼杵の使い道については俺はなにも知らない」

「わかった、名刺をデスクの上に置け」

吉弘は机の引き出しを開けてゴソゴソやると、一枚の名刺をデスクの上に置いた。

「最後に重要なことを訊く」

上杉は吉弘を睨《にら》みつけて訊いた。

「な、なんだ？」

「俺を殺そうとしたわけを教えろ」

「おまえのまぬけな部下が嗅《か》ぎ回ってることがわかったからな。むつ市で派手に動いただろ。皆川組から俺たちに情報が入ったんだよ」

むつ市で動いていたのは、織田の元部下の長谷川だ。

いくら公安でも狭い土地だけに、犯罪のプロである皆川組には気づかれてしまったのだろう。

「おかしいじゃないか？　あんたはたいした罪を犯していないんだろ？　罰金刑で済むのに、なんで、この俺を殺そうとまでしたんだ？」

上杉は理詰めで追い詰めた。

「金を積まれて頼まれたんだ」

「誰に頼まれた」

「津田だよ。ヤツにも皆川組から報《しら》せが行った。津田はあんたが生きてるといろいろと都合が悪いんだ」

「そうか、すべての元凶は津田という男のようだな。あんたは単なるパシリか」

「ふざけたことを言うな」

吉弘は不機嫌そうに鼻を鳴らした。

「津田からはどんな依頼を受けたんだ」

「根岸に県警の根岸分室っていう豚小屋がある。そこにトグロを巻いている上杉輝久というイカレ刑事《デカ》を今週中に消してくれ。とまぁ、そういう依頼だった」

吉弘は憎々しげに歯を剝《む》き出しにした。

「やっぱりおまえは俺の顔を知ってたんだな」

「あたりまえじゃないか。殺しのターゲットの顔を知らないはずがないだろう」

「今日、高橋を送るってことは津田には話したのか」

「そんなのはこっちの都合だ。ほかの仕事に就いてた高橋が昨晩戻ったから、今夜に決めた。うちは殺すという債務を履行すれば金はもらえるんだ。いちいち、いついつ殺しに行きますなんて言うか。学校の生徒じゃないんだぞ」

吉弘は乾いた笑いを浮かべた。

「いずれにしても、高橋のような青二才を鉄砲玉に使うとは、あんたも甘い男だな」

上杉は鼻の先で笑った。

「たしかに、おまえの言うとおりだ。若くて敏捷《びんしょう》だと思ったからといって高橋を使ったのは失敗だった。まさかこんな目に遭うとは思ってもいなかった」

吉弘は自嘲《じちょう》的な笑いを漏らした。

高橋は相変わらず突っ伏したままだった。

「さて……ひと通りのことは聞けたか」

上杉は独り言のように言った。

そのとき、バタバタと階段を駆け上がってくる何人もの足音が響いた。

ドアの向こうから屈強な男が次々に部屋に押し入ってくる音が聞こえる。

「警察だっ、その場を動くな」

背後で叫び声が響き渡った。

上杉は消音器を外してポケットに入れ、拳銃《けんじゅう》を腰のホルスターにしまった。

振り向くと、七名近い巨体の男たちが部屋の入口に半円形に立ち並んでいる。

先頭に立つのは、もちろん堀だった。

「おう、堀、ちょうどいいところに来たな」

「上杉さん、無事だったんですね」

堀は安堵《あんど》の声を出した。

「無事に決まってるだろ。俺がこんな連中に殺《や》られるとでも思ったのか」

「だ、だけど……」

「二〇分で話がつくと言ったろ。聞く必要のあることは聞き出した」

「まぁ、よかったですよ」

ソファの二人がもそもそと腰を浮かした。

「動くんじゃねえっ」

堀は怒鳴り声を上げた。

スーッとジャージは身体の動きを止めた。

「おまえら組対か」

上杉の銃口の威迫から逃れた吉弘は、落ち着いた声で尋ねた。

「あたりまえだろ、俺たちが駐車違反の切符切りに来たミニスカポリスに見えるか」

堀はせせら笑った。

坊主頭にパンチパーマ、いずれもプロレスラーのような身体つきで目つきが鋭い。吉弘組の連中より、むしろマル暴の刑事たちのほうがヤクザらしく見える。

「おう、堀。証拠も取れてる。吉弘組長と鉄砲玉の高橋をひっくくれ」

上杉は威勢よく言った。

「おい、なんの容疑だ？」

吉弘は驚きの声を上げた。

「殺人未遂とその教唆に決まってるだろ」

上杉はこともなげに言った。

「そういうことだ。さ、ご同行願いましょうか」

堀ははしゃいだ調子で続けた。

「このイカレ刑事の話を信じるのか？」

吉弘は目を三角にした。

「馬鹿野郎、あんとき、この俺も根岸分室にいたんだ。俺自身が被害者なんだよ」

堀は声を張り上げた。

「このイカレ刑事は俺を銃で脅し続けたんだ。特別公務員暴行陵虐罪で訴えるぞ」

吉弘は激しい口調で言った。

「まぁ、言い訳は警察でするんだな」

堀は鼻の先で笑った。

「この吉弘とそこに寝っ転がってる小僧を連れてゆけ」

部下たちに向き直って下命した。

「はっ」

「了解っ」

刑事たちは歯切れよく答えた。

二人の刑事が吉弘のデスクの両脇に立った。

「おい、見逃すって言ったじゃないか」

吉弘は上杉に向かって目を剝いた。

上杉は笑い混じりに答えた。

「そんなこと言ったかな」

耳の穴に指を入れて上杉はとぼけた。

「くそっ、なんて野郎だ」

吉弘は歯を剥き出した。

「言い忘れてたが、俺は嘘つきだ」

「おまえ、ヤクザよりもロクでもない男だな」

ふてくされたように吉弘は言った。

「だから、流刑になったんだよ」

「覚えてろよ。いつか痛い目に遭わせてやるからな」

人差し指を上杉に突き出して、吉弘は毒づいた。

「脅迫の現行犯だ」

堀がおもしろそうに言った。

「ふんっ」

吉弘は鼻から大きく息を吐くと、ソファに座った男たちに向かって声を掛けた。

「弁護士に連絡しとけ」

「わかりました。オヤジさん」

「すぐにお迎えに上がりますから」

二人は立ち上がって深々と一礼した。

それきりなにも言わず、吉弘は刑事たちに両腕をつかまれて出ていった。

「おい、立てっ」

刑事の一人が床に伏したままの高橋を抱え起こした。

「スマホはしばらく預かるぞ」

上杉は高橋に声を掛けた。

うなだれていた高橋は小さくあごを引いただけで言葉を発しなかった。

「ほら、しっかり歩くんだ」

高橋も二人の刑事に連れられて部屋を出て行った。

上杉はデスクに歩み寄ると吉弘が残していった津田信倫の名刺をつまみ上げて一瞥《いちべつ》した。

肩書きはなく、住所と電話番号のみが書かれていた。たしかに神奈川区橋本町になっていた。

残った刑事たちとスーツやジャージがなにやら話している。

「おう、ご苦労だったな」

上杉がねぎらうと、刑事たちはいちように身体を折って敬礼した。

彼らを残して上杉は事務所を出た。

堀が従《つ》いて来て横に並んだ。

「お疲れさんでした」

「おまえに頼みがあるんだ。クルマに戻ろう」

階段を下りて事務所の外に出ると、二台の覆面パトのテールライトが遠ざかっていった。

ランクルの後ろに一台の覆面パトと一台のパトカーが停まっていた。

二人はランクルに乗り込んだ。

「どうです？　なにか出ましたか？」

「ああ、さっき根岸分室で話したことはほとんど裏が取れた」

「そうですかっ」

助手席で堀は身を乗り出した。

「荒木重之に背乗りしていたニセモノは臼杵速人という借金まみれの男だったそうだ……」

上杉は堀に事務所で吉弘組長から聞き出した話をかいつまんで知らせた。

「なるど、あの吉弘の話を信ずるとすれば、いちばんのワルは津田って男ですね」

堀はあごに手をやった。

「いまのところそう考えるしかない。もちろん、裏で津田を操ってた人間がいるに違いない」

上杉は津田の背後を探るしか道はないと思っていた。

「まぁ、事件全体の図式は、吉弘組で描けるようなチンケなものじゃなさそうですね」

堀は考え深げに言った。

「この件に関しては臼杵のニセ経歴を作り上げて津田信倫に売ったということしかやってないみたいだな。ホンモノの荒木重之を殺したのは皆川組の連中だろう」

「皆川組についちゃ、青森県警の組対に連絡して追い詰めますよ。ホンモノの荒木を殺したんなら、一網打尽です」

胸を叩《たた》いて堀は言った。

「そっちはまかせるよ。俺の目的は吉弘組だとか皆川組なんて連中にはない」

「かたき討ちについちゃ、いくらあの吉弘の野郎を締め上げても何にも出てきませんね」

堀は大きくうなずいた。

「そうだ、そこでまずは津田の身柄を確保したい」

「津田についてはすぐに調べさせます。どうせカタギじゃないでしょうが、表向きはどこからも杯受けてないんでしょうね。どういう字を書きますか？」

「大津の津に、田んぼの田、信用の信に、不倫の倫だ」

「倫理の倫とか言えませんか」

上杉の言葉に堀は苦笑した。

「倫理だと？　おまえの言う言葉か」

「もう、俺は上杉さんとは違うんですからね」

「ほれ、名刺だ」

「さっさと見せりゃあいいのに」

文句を言いながら、堀はスマホを取りだした。

「おい、人物照会だ。津田信倫、男性……」

しばらくすると、堀の電話が鳴った。

「そうか、わかった」

電話を切った堀は冴《さ》えない顔で口を開いた。

「津田信倫が本名だとすると、組対のデータベースには載ってません。つまり、日本中のどこの組にも所属してないわけです。また、A号もヒットしません」

A号は前科照会を指している。

「マルBじゃないとすると、いまみたいにいきなり踏み込んで身柄確保ってわけにはいかないな」

上杉は鼻から息を吐いた。

「いま踏み込めたのは、高橋が現行犯でしたからね……津田の場合にはやっぱり令状とらないと無理ですよ」

「組対で令状とってくれよ。俺の場合、手足に使える者がいない」

逮捕令状は警部以上の者の名義で請求しなければならない。上杉は警視だから、令状請求は単独で行えるが、部下がいないので原則として横浜地方裁判所に自ら赴くことになってしまう。

「だけど、うちの課長がなんて言うか」

一方で堀は警部補なので、単独で令状請求をすることはできない。

「難しい顔するか」

「ええ、嫌疑が殺人なら捜一だし、偽装戸籍なんかは捜二でしょう。課長がオーケーしてくれませんよ」

「だが、ヤクザとつきあいのあるブローカーなんだぞ」

堀は首を横に振った。

「暴対課は組対本部なんですよ。マルBだけを扱うんです。それ以外は、ほかの課の管轄です」

「そうか……わかった。ちょっと一本電話を掛ける」

上杉も電話を取り出して織田に掛けた。

「上杉、どうした？　なにかわかったか」

三コールで、織田の弾んだ声が耳もとで響いた。

「詳しくは後で話すが、先に頼みがある。津田信倫という男の逮捕状を、神奈川県警の暴対課から請求してもらいたいと思っているんだが……」

上杉は織田に事情を説明した。

「わかった。その件ならなんとかなるだろう。刑事部のわたしの友人を通じて頼んでみるよ」

織田はあっさり請け合ってくれた。

「相手は誰ですか？」

電話を切ると、堀が興味津々といった顔で訊《き》いてきた。

「警察庁のキャリアだよ。警備局の理事官だよ」

「り、理事官ですって」

堀は絶句した。

暴力団対策課の主任に過ぎない堀には、警察庁の理事官などと話す機会はないだろう。

「この一件はそいつと俺で追っているんだ。二人とも五条の同期でね」

「つまりかたき討ちのお仲間ってわけですね」

堀は納得したようにうなずいた。

「おまえも仲間になってくれたじゃないか」

堀は顔の前であわてて手を振った。

「とんでもない。警察庁の理事官ったら警視正でしょ。県警《うち》なら部長級だっていますよ。そんなえらい人、仲間だなんて、お手伝いのつもりですよ」

「俺だって警視だぞ。おまえんとこの課長と一緒だ。俺はおまえの仲間じゃないのかよ」

「上杉さんは別ですよぉ」

「つまり窓際族だからってわけか」

「へへへ、からまないでくださいよ」

「ま、どっちでもいいやな。俺たちはみんな世間からは嫌われる警察一家だ。とにかく、その理事官が県警の刑事部を通じて暴対の課長に頼んでくれるそうだ」

「そりゃすぐにＯＫですよ」

警察庁の指導となれば、県警は素直に従うだろう。

「しばらく待ってみよう」

「ええ、ところで上杉さん、五条さんのお話を伺ってもいいですか」

「堀はかたき討ちの仲間になってくれたからな。もうちょっと詳しい話をしとかないとな……」

上杉は堀に向かって香里奈との関わりについて話し始めた。

「……とまぁ、大変に優秀なキャリアだったんだ」

「つまり、上杉さんのレコだったんですか？」

堀はニヤニヤ笑いを浮かべて、小指を突き出した。

「馬鹿言うな」

上杉は堀の頭頂部をはたいた。

「痛《いて》ぇなぁ、なにも叩かなくてもいいじゃないっすか」

口を尖《とが》らせて堀は頭をさすった。

堀のスマホが鳴動した。

織田に頼んでから、三〇分ほどは経過していた。

「あ、お疲れさまです。はい、堀です……」

堀はスマホを耳に当てたまま、何度も頭を下げている。

「わかりました。ありがとうございます」

恭しく頭を下げて堀は電話を切った。

「なんと、うちの課長から直々のお電話ですよ。やっぱり警察庁の理事官どのの指導は強力だなぁ」

堀は鼻から息を吐いた。

「それで?」

「神奈川警察署の協力で津田信倫が間違いなく名刺の住所に居住していることが確定できたそうです」

「おお、津田は橋本町のマンションにいるんだな」

「そうです。高級賃貸だそうです。名前が運転免許証からヒットしたんで人相もわかりました。神奈川で取得している免許なんで確認が早くできましたね。年齢は五二歳ですね」

堀はスマホの画面を掲げてみせた。

ゴールド免許に頬のこけた冴えない感じの男の写真があった。

スーツ姿で髪は黒いがやや薄い。

細い目と冷笑が漂っているような薄い唇が印象的だった。

「こいつが津田か……」

上杉は低くうなった。

「いかにも悪党面ですよね」

「ああ、善良な市民って感じじゃないな」

「いま、令状請求の疎明資料を調えているそうで、できあがったら誰かを地裁に走らせるって言ってます。令状出たら、自分がそいつから受け取りますよ」

堀は弾んだ声を出した。

「とはいえ、逮捕状が実際に発給されるまでに数時間はかかるだろう」

夜間の逮捕状や捜索差押許可状の発給は、夜九時までは地方裁判所に居残っている担当裁判官が行う。また、夜九時から翌朝八時までは夜間当番の裁判官が自宅待機のかたちで担当する。

その時間内に検察官や警察官から令状請求があると、裁判所に当直している書記官が内容の点検などをして発給の準備を整える。準備ができると、書記官は裁判官の自宅までタクシーを飛ばして令状の発給をしてもらうのである。

逮捕や捜索差押は令状によらなければならない。憲法三五条一項が定める令状主義は、国民の人権を守る上で不可欠のものだが、現実に制度を支えるためにこのような体制が敷かれている。

むろん、夜間に捜査を続けている検察官や警察官も苦労が多いが、深夜に起こされる当番の裁判官も大変である。

「俺も一緒に行こうか」

「いいです。上杉さんは大活躍だったんですから、根岸で休んでいて下さい」

堀は掌《てのひら》を顔の前で振った。

「どうせ夜が明けなきゃ踏み込めないだろう。この時季だと六時過ぎだな」

「そうですね、特記はつかないようです」

堀は小さくうなずいた。

刑事訴訟法の規定により、日出前、日没後には、令状に夜間でも執行することができる旨の記載がなければ捜索差押許可状の執行はできないことになっている。この令状を俗に特記付きと呼ぶ。これも人権保障のシステムのひとつである。

とくに必要がなければ、警察も夜明けと同時に被疑者宅に踏み込むのが通例である。

本件の津田の逮捕においては差し迫った必要性があるとは言いがたい。

「念のためなんだが、おまえの部下を二人ばかり張り込みに借りたいんだ」

「津田の部屋を張るんですね」

「こっちの動きを察知されて逃げられるとまずい」

「わかりました、指示出しします」

堀はスマホを素早く取り出すと、手短に指示して電話を切った。

こう見えてもなかなかデキる男なのだ。

「じゃあ、いったん俺は根岸に戻って六時前に橋本町に向かうよ」

「そうしてください。俺は電車で本部に戻ります」

京浜急行線の駅が近いので電車のほうが早く戻れるだろう。

「ご苦労だな」

「久しぶりにおもしろい仕事してますよ。対立抗争が激しいときはともあれ、組対は意外とルーティンワークが多いんでね」

堀は楽しそうに笑ってクルマを降りていった。

次のステップが見えてきた。

上杉は身が引き締まる思いを覚えながら、イグニションを入れた。

ランクルは乾き始めた路面へとゆっくり滑り出た。

根岸分室に戻った上杉は織田に電話を入れて、堀が訪ねてきてから後のことを詳しく話した。

「おまえが無事で本当によかったよ」

話を聞き終えた織田はこころの籠《こ》もった声で答えた。

「モロッコでヘリコプターに襲われたときと比べれば、あんな半端な小僧の一人くらいどうと言うことはない」

勇を誇るつもりではなかった。

上杉は照れくさかったのだ。

「そうだったな」

織田は小さく笑った。

「高橋は暗殺者としてはあまりにも未熟者だったんだ」

「まあ、鬼の上杉を相手にするなら、プロフェッショナルのスナイパーをよこさないとな」

「そんなスナイパーをヤクザが用意できるはずがない」

「しかし、堀という刑事はすごいな。さすがは上杉が仕事を任せただけのことはある」

心から感心しているような織田の声だった。

「見た目はヤクザだが、優秀な男だ」

「荒木重之が臼杵速人の背乗りと判明したことも大きいな」

「ああ、だが、まだ周辺部がわかっただけのことだ。だが、夜明けと同時に津田信倫の身柄を確保する。津田を締め上げれば核心部分が見えてくるさ」

「思っていたとおり、大がかりな事案のようだな」

織田は考え深げに言った。

「まぁ、待っててくれ。朗報を届けられると思う」

「楽しみにしている。だが、無理はするなよ」

織田は電話を切った。

雲が低いせいか、根岸線の音がやけに大きく聞こえた。

第三章　展　望

【1】＠二〇二〇年一一月二一日（土）

東の瑞穂《みずほ》町方向の空がほんのり白んできた。

上杉は、ハーバータワーのエントランス付近に立っていた。

吹き渡る風には潮の香りが乗っていてさわやかだった。

「よしっ、六時一五分だ。そろそろ踏み込むか」

堀が五人の部下に声を掛けた。

「了解っ」

部下たちは威勢よく答えた。

「よしっ、気ぃ引き締めてくぞっ」

ほとんど眠っていないはずだが、堀のパワフルさは昨夜以上だ。

刑事は獲物に近づくと、アドレナリンが大量に分泌される生き物だ。

その意味で猟犬に近い存在だとも言えるのかもしれない。

堀のスーツの内ポケットには、逮捕状が入っている。

これが堀のビタミン剤となっているのだ。

「ご苦労さまでございます」

エントランスを入ると、髪の毛の真っ白な老人がガラスドアを開けてくれた。

このマンションのコンシェルジェをつとめている老人がいなければ、セキュリティが完璧《かんぺき》なこのマンションに立ち入ることすらできない。

「これが2005室の合鍵《あいかぎ》でございます」

「お預かりします」

一人の刑事が合鍵を受け取った。

大理石で囲まれたロビーは光り輝くように見えた。

来客用の黒レザーのソファや、ところどころに置かれた観葉植物など、個人の住居の共用部分と呼ぶには豪華すぎて上杉にはなんとなく馴染《なじ》めないものがあった。

「あちらのAかBのエレベーターをお使い下さい」

老人はロビーの中央部分に設けられているエレベーターを指さした。

こちら側には三基、裏側にも同じ数のエレベーターがあるようだ。

上杉たちはエレベーターへと歩み寄った。

津田の部屋は２００５室だった。

二二階建てのこのマンションでも最高級クラスの部屋のひとつのようだ。少なくとも眺めは最高だろう。

エレベーターは高速のものらしく、扉の上の階数表示はどんどん上がってゆく。さすがに上杉の胸も高鳴ってきた。

チンという音とともに扉が開いた。

七人は足音を忍ばせてケージからライトグレーのカーペット敷きのエレベーターホールへと身体を移した。

上杉の背後で扉が静かに閉まった。

エレベーターホールには一人のスーツ姿の男が待っていた。

やはり体格がよくコワモテなので、堀の部下とわかる。

「主任、お疲れさまです」

男は小さな声で言って堀に向かって頭を下げた。

「桑山《くわやま》、どうだ、ようすは？」

「いま、阿部がドアの前に張りついていますが、動きはありません。昨夜の一一時頃に津田と考えて間違いない人相の五〇代くらいの男がドアから出てきました。尾行しましたが、コンビニへの買い物でした。その後は部屋に閉じこもったきりです。現在まで人の出入りはありません」

桑山は低い声できまじめに報告した。

「そうか、じゃ津田は部屋にいるんだな」

「はい、ほかに出口はベランダの非常階段しかないです。こちらはパーティションを破っていくつかの部屋のベランダを通る仕様だそうなので、使っているはずはありません」

「よし、ふん縛ってくれる」

堀は鼻から息を吐いた。

「ヤツの部屋はこの右手です」

桑山が先に立って、上杉たちはエレベーターホールから廊下へと足を踏み出した。

淡いグレーのカーペットが敷き詰められた廊下が左右に続いていた。

タワーマンションは内廊下と外廊下のふたつのタイプがある。

ホテルの内部にも似た内廊下タイプでは、上層階の廊下には窓がなく外を眺めることはできないことが多い。このマンションでは東西南北すべての方向に部屋がある。

続く壁はチーク材のような落ち着いた板壁で豪華だった。

電球色のＬＥＤを仕込んだ照明が廊下をあたたかい色に照らしている。

左右にはずらりと各部屋の木製ドアが並んでいる。

防音対策が行き届いているのか、なんの音も聞こえてこない。

人影も見られず、上杉はちょっとした圧迫感を覚えた。

桑山は黙って最初の角を右へと曲がった。

廊下のしばらく先の次に曲がる角付近に黒いスーツを着た男が所在なげに立っていた。

張り込み中の阿部という刑事だ。

マル暴にしては珍しく華奢《きゃしゃ》な四〇前くらいの中背の刑事だ。

あくまでマル暴にしてはの話なので、一般人としては体格のいいほうだろう。

目が細く唇が小さく顔つきも穏やかで、これまたマル暴らしくない。

堀は近所の住人の目を考えて、コワモテではないこの男を玄関番に置いたのだろう。

それでも、阿部がここで何をしているのかは説明がつきにくい。

ほかの部屋から住人が出てきたら、通報されかねないが、現在の状況ではやむを得ない。

この廊下には身を隠す場所もない。

薄っぺらいブリーフケースを提げているのは、訪問者を装っているのだろう。

阿部は上杉たちの姿を認めると、かるくあごを引いて黙礼した。

上杉たちは阿部の立つ部屋の前まで足音を忍ばせて進んだ。

全員が押し黙ったままドアの前に立った。

２００５と真鍮《しんちゅう》の部屋番号表示がドアの横に光っている。

ドアの右手には黒いアルミパネルが埋め込まれている。パネルには半球形のガラスに覆われたカメラとスピーカーマイクのスリット、さらには呼び出しボタンが設けられていた。
目顔で堀は上杉に合図した。
上杉はかるくあごを引いて応《こた》えた。
堀はゆっくりと黒い呼び出しボタンを押した。
だが、室内からの反応はなかった。
二度、三度と堀はボタンを押した。
堀は舌打ちした。
「仕方がないな」
白手袋をはめた右手で拳《こぶし》を作り、堀は手の甲側でドアを叩《たた》いた。
「津田さん」
平板な声音で堀は呼びかけた。
だが、相変わらず反応はない。
桑山も阿部も首を傾げている。
「津田さん、お留守ですか」
だが、反応のない状態は続いている。
十数回叩いたところで、隣の部屋から人影が現れた。
五〇年輩のカーディガンを着た上品な感じの男だった。
口をぽかんと開けて男は上杉たちの集団を見た。

ヤクザと見まごう顔つきの悪い屈強な男たちが隣の部屋の前を固めているのだ。

「な、なにかあったんですか？」

頬をこわばらせて男は訊《き》いた。

「警察です。緊急事態ではないのでご心配なく」

桑山が警察手帳を提示して短く答えた。

「はぁ……」

隣の住人はちょっとほっとしたようだった。

「お部屋にお戻りになって下さい。すぐに済みますから」

言い訳するような口調で桑山は頼んだ。

「わかりました」

男は首を傾げながら、不得要領な顔つきで自分の部屋へと戻った。

「まずいな……こんなことをしてるとまわりの部屋の住人がみんな出てきてしまうぞ」

堀は唇を突き出した。

「やむを得んだろう。押し入るしかない」

上杉が短く言うと、堀はあごを引いた。

「おい、鍵《かぎ》を開けて踏み込むぞ」

堀の言葉に合鍵を預かっていた刑事が進み出てディンプル型のキーを鍵穴に差し込んだ。

ガチャリという音とともにドアは解錠された。

ノブに手を掛けて堀はおもむろにドアを開けた。

「警察ですっ……うっ」

叫んだ瞬間、堀は身体を仰《の》け反らせた。

後から踏み込んだ上杉にもすぐにわかった。

室内には異臭が漂っているのである。

嘔吐《おうと》物と排泄《はいせつ》物の入り混じったような臭い。

刑事なら誰でも知っている死者の臭いだ。

「堀、こりゃあ」

「ええ、ヤバい状況っすね」

二人は顔を見合わせてかるくうなずき合った。

「おい、誰か二人、入口に立哨《りっしょう》しろ。近隣住民を近づけるな」

堀は手際よく命じた。

「わかりました」

二人の若い部下がドアのほうに戻った。

堀と上杉は部屋の奥へと進んだ。

壁のスイッチを堀が次々に入れてゆく。

窓が広くとってある一五畳くらいのリビングダイニングには人影はなかった。

素晴らしい眺めがひろがっているのだろうが、カーテンが閉じられていて視界は利かなかった。

テーブルの上には食事などはなく、昨日の夕刊がひろげられているだけだった。

「隣か……」

上杉の言葉に堀はうなずいて、隣の部屋に続く木製ドアに手を掛けた。

隣の部屋に踏み込むと異臭はさらに強くなった。

「ああっ」

部屋の灯《あか》りのスイッチを入れた堀が大きな声を上げた。

上杉の心臓は大きく収縮した。

黒いカバーの掛けられたセミダブルベッドに、写真の人相の男が仰向けに倒れていた。

すでに血の気を失った青黒い顔の色が絶望的な状況を訴えていた。

ひどい形相だった。

両目を大きく剝《む》き、顔じゅうに苦悶《くもん》のしわが残っている。

さらに舌をいっぱいに出して、両腕は胸をかきむしっていた。

両脚もかなり開いていた。

ベッドカバーの上には嘔吐物が吐き散らされていた。

予想はしていても、現実にこの光景を見ると、慣れた刑事でも驚きは抑えられない。

ひと目でダメだとわかるが、堀はそれでも声を掛けた。

「津田さん、津田さんっ」

堀は津田と思《おぼ》しき男の頸動脈《けいどうみゃく》あたりに人差し指と中指をそろえて当てた。

「ダメだ……」

うそ寒い声で堀は言った。

「これは病死には見えないな」

上杉の言葉に、額に深い縦じわを寄せて堀はうなずいた。

「ええ、刑事調査官に臨場してもらうしかなさそうですね」

刑事調査官は、不自然死の疑いがあるときに現場に駆けつけて死体を見分して事故か事件かを判断する。法医学を学んだベテランの警視か警部が就く職種で、俗に検視官とも呼ばれている。

「鑑識呼ばなきゃならないな」

上杉の声も乾いた。

「いま本部に連絡入れます」

堀はスマホを取り出した。

「堀です。実は予想外のことが起きちまいました。津田がホトケになっちまってるんですよ。ええ、コロシの疑い濃厚です……」

しばらく電話で話していた堀は上杉に顔を向けて言った。

「俺たちが逮捕に向かうってんで、係長が早出してくれてましてね。とりあえず、神奈川署から鑑識と刑事課をよこすそうです」

津田殺しは、あらたに捜査を開始しなければならない。

「そうか……まぁ、現場が荒らされているようすはないな」

上杉は部屋じゅうを見廻《みまわ》してから言った。

午後一一時頃に津田は買い物に出ている。

これが津田が最後に見せた生きている姿だ。

その後は桑山と阿部が部屋を見張っていた。

誰も出入りしていないのだから、津田以外にこの部屋には誰もいなかったことになる。

ベッドの右側のサイドテーブルには高さ一〇センチほどのタンブラーが残されていた。

かたわらには、国内の酒造メーカーが作っている《八ヶ岳《やつがたけ》》というウィスキーのボトルが置かれていた。

ほとんど減っていないので、封を切ったばかりのもののようだ。

「ピュアモルトか……」

上杉はつぶやいた。

たしか一本で十数万円はする希少なピュアモルトのはずだった。

アイスペールやミネラルウォーターのボトルなどは見当たらなかった。

はっきりとは言えないが、津田はウィスキーをストレートで飲む習慣があったのだろう。

このボトルに毒物が仕込まれていても不思議はなかった。

さらにボトルの横には、スマホが置いてあった。

「ウィスキーのボトルとスマホが重要な証拠となりそうだな」

「そうですね、これ、毒殺とみてほぼ間違いないでしょう。この部屋には誰もいなかったんですから。となると、第一に怪しいのはウィスキーですね」

堀も同じ考えを持っていたようだ。

「いずれにしても、この部屋にあるものは片っ端から調べる必要がありそうだな」

「まぁ、とにかく鑑識が入らないと手出しできませんからね。とりあえずこの部屋出ましょうよ。気分が悪くなってきますよ」

わざとらしく堀は身体をぶるっと震わせた。

「マル暴の鬼刑事の言葉とも思えないが、異存はない」

上杉たちは寝室を出てリビングに戻った。

堀の部下たちはリビングの入口側にパラパラと立っていた。

誰もが結果は予想しているのだろうが、押し黙ってこちらを窺《うかが》っている。

「おい、津田はホトケだ」

堀が声を掛けると、部下たちは黙ってうなずいた。

「おまえら、鑑識に怒られない範囲で部屋中に誰か潜んでないか確認しろ。外へ逃げられる窓がないかも確認するんだ」

堀の部下たちはいっせいに動き始めた。

「ちょっとここ開けますよ」

堀はリビングの掃き出し窓を二箇所開けた。

「この窓も施錠されている……もっともここから逃げようもないですがね」

潮風が吹き込んできて、異臭がだいぶ薄らいだ。

さすがに上杉も少しほっとした。

上杉と堀はリビングの椅子に向かいあって腰掛けた。

しばらくすると、部下たちはリビングに戻ってきた。

阿部が報告に来た。

「誰も潜んでいませんし、解錠されている箇所も発見できませんでした」

「よし……おまえと桑山の二人で両隣の部屋に聞き込みに行ってくれ。昨夜、なにか怪しいことがなかったか。不審な人物を見かけなかったか、あるいは怪しい物音を聞かなかったかを確認してくれ」

「了解です」

「立哨《りっしょう》は誰か一人でいい。残りの連中は帰っていいぞ」

「失礼しますっ」

部下たちはリビングを出て行った。

「面倒なことになりましたね」

上杉の正面で堀は眉間《みけん》にしわを寄せた。

「たしかにな、津田の死によって、吉弘組長から辿《たど》った線は断たれてしまった」

「この件で神奈川署に捜査本部《ちょうば》が立つでしょうけど、中心になるのは捜一の連中です。俺たちが呼ばれることはないような気がします」

「津田にヤクザとつきあいがあったという事情だけじゃ無理か」

「捜一の連中は俺たちをどっか馬鹿にしてますからね」

「そんなことはないだろう」

堀は唇を歪《ゆが》めて笑った。

「いや、本当のことですよ。少なくとも連中は、自分たちを刑事部でいちばんのエリートだと思ってますから」

「愚かな話だ。同じ刑事部じゃないか。警備部あたりのほうがエリートだろう」

「いずれにしても、このコロシの捜査情報は第一に捜一が握っちまいます」

「でも、同時に津田は俺たちに対する殺人未遂事件の教唆の被疑者でもあるんだ」

「ま、そうですね」

「この案件は実行犯が高橋だから、おまえんとこの管轄だろ」

「そりゃまぁそうですけど」

「逮捕状まで出てるんだ。大いばりで証拠は押さえられる」

「たしかにそうですね、後でめぼしいものはチェックしますよ。とりあえず、神奈川署が運び出すでしょうけど、証拠は共有しますよ」

「捜査本部が蓄積した情報をもらう手はあるさ」

「さっきの同期の織田さんですか」

「いや、俺は黒田《くろだ》刑事部長の直属の部下だぞ」

「そうかぁ、やっぱりキャリアは違うなぁ」

「馬鹿野郎、俺は流人だ」

「でもね、俺たち地方《じかた》とは人脈が違いますよ。やっぱり」

「黒田刑事部長が捜査本部長になるだろう。捜査主任は福島《ふくしま》一課長だろう。どっちにしても優秀な人物だ。捜査本部から必要な情報はもらうよ」

「それはよかった」

「だがな、直接に津田を締め上げられなくなった。これは痛いな」

「おっしゃる通りですよ」

堀は表情を曇らせた。

「いくら吉弘を問い詰めても、五条香里奈殺しの本筋に辿り着くとは思えない」

上杉は暗澹《あんたん》たる思いだった。

ようやく光明が見えてきたと思っていたのに、真実はあっという間に闇に閉ざされてしまった。

「むつ市の皆川組も青森県警と連携して追い詰めるつもりですけど、その線を辿っても同じことですよね」

「ああ、荒木重之殺しは立件できるかもしれないがな」

「これからどっちに駒を進めていくつもりですか?」

「いまはまだわからん」

答える上杉の声も冴《さ》えなかった。

ただ、上杉はひとつだけヒントを見つけていた。

「だが、はっきりしたことがある」

暗い気持ちを振り払うように上杉は言葉に力を込めた。

「なんです? はっきりしたことって?」

堀の声に期待がにじんだ。

「津田を殺したヤツが黒幕だってことだ」

堀はちょっとがっかりしたような表情になった。

「ま、そうでしょうが……その黒幕に近づけないわけですよね」

「それだけじゃないんだよ。問題はなんで昨夜殺されたかってことだ」

「はぁ……どういう意味ですか」

けげんな顔で堀は訊《き》いた。

「もう一回、時間軸を追いかけてみよう。発端は昨夜の六時頃、おまえが根岸分室を訪ねてきたことだ」

「なるほど……」

「高橋が襲撃してきたのが七時過ぎだ。俺たちが南太田の吉弘組に行ったのが八時前くらいだろう。吉弘組長と高橋を引っ張ったのが九時頃だろう」

「まぁ、そんな時刻でしょうな」

「おまえが、桑山と阿部をここに張りつかせたのは何時頃だ？」

「ヤツらがここに来て張り込み開始したのは一〇時頃ですよ」

「一時間後はまだ津田は生きていた」

「コンビニに行ったわけですからね」

「死亡推定時刻は後ではっきりするだろうが、いずれにしても、その後で津田は毒を飲んだ。これは一人で飲んだわけだ」

「ええ、誰もこの部屋に入っては来なかったわけですからね」

「あるいは津田は詰め腹を切らされたのかもしれない」

「つまり自殺というわけですか」

「うん、毒はあらかじめ渡されていて、誰かが電話で飲めと命令した。断れば毒を飲んで死ぬより恐ろしい目に遭うと津田は知っていた。逮捕されればおそらく死刑になるほどの罪を犯していたんだろう」

「ま、二人殺せば死刑が量刑相場ですからね」

「津田にはほかに逃げ道はなかった」

言葉にしているうちに、津田の死は強要された自殺としか思えなくなってきた。

「津田が毒を飲むことになった原因は、高橋の襲撃失敗、吉弘の身柄確保にあると思っている。吉弘に俺を殺すことを依頼したのは津田だろうが、この殺しについては津田もパシリだろう。黒幕が津田に命じて俺を殺させようとしたんだ」

頭の中に浮かんできたことを上杉は次々に言葉に連ねた。

「なるほど、吉弘がパクられれば津田の名前が浮上すると、その黒幕は踏んでいたんですね」

したり顔で堀はうなずいた。

「そうだ、津田を締め上げれば、自分の名前が出る。これを恐れて黒幕は津田を殺した」

「たしかにそれが正しい筋ですよ！」

堀の顔にも明るさが兆した。

「一一時の時点ではまだ津田に命令はいっていなかったのだろう」

「死ねと言われていたら、のんきにコンビニなんかに行きやしませんよね」

「そうだ、だが、その数時間後に一本の電話が掛かってきて津田は死ねと強要された」

「津田の電話の着信履歴を調べますよ」

「いや、無駄だろう」

上杉は首を横に振った。

「こんなに鮮やかに津田を死に追い込んだ犯人が、着信履歴ごときで尻尾《しっぽ》を出すわけはない。どうせ飛ばし携帯かなにかを使っている。基地局だって、自分の居場所とは離れたところを選んで発信しているさ」

「な、なるほど……」

「だが、ここまでの時間的経過はあまりに短い。これがヒントだと俺は思っている」

「そうかもしれませんね」

堀は身を乗り出した。

「詳しく話して下さい」

「高橋の襲撃が七時過ぎ、吉弘の身柄確保が九時……その数時間後には死の命令。黒幕はいったいどうやって俺たちの動きを知った？」

「うーん、たしかに」

堀はうなった。

「まず、この黒幕はどうして高橋の襲撃とその失敗を知ったんだ？」

「たしかに」

「高橋を追って外へ出たとき、駐車車両は見えなかった。根岸分室を張っていたとは思いにくい。クルマもなしに長時間張り込むのは厳しいからな。しかも、雨降りだった」

「そうですね。俺たちも張り込みの多くはクルマを使いますからね」

堀は得心がいったようにうなずいた。

「だとすれば、おまえか高橋のどちらかを、あの時間に尾行してきたヤツがいると考えるのがいちばん妥当だ」

「そのようですね」

「どちらかはわからんが、その尾行者は物陰から高橋が失敗して俺たちにとっ捕まるのを見て黒幕に連絡したんだ。さらに俺たちの行き先が吉弘組ということは容易に推察できるだろうから吉弘組も張り込んだんだろう。吉弘組長と高橋が引っ張られたこともリアルタイムに報告がいったのに違いない。黒幕は津田を殺すことに決め、電話を掛けた」

「なるほどぉ」

「だがな、わかったのはここまでだ……。黒幕が何者かは雲をつかむような話だ」

上杉は大きく息を吐いた。

阿部たちが帰ってきた。

「両隣に聞き込みにいきましたが、不審な人物の目撃証言はありません。また怪しい物音を聴いた者もいませんでした」

「そうだろうな」

二人の聞き込みに、上杉はまったく期待していなかった。

阿部は上杉の顔を見てどこか緊張しているようにも感じられた。

両目がしきりに瞬いている。

堀は詳しく説明していないはずだが、自分はそんなに怖い顔をしているのだろうか。

いや、堀や暴対課のほとんどの部下たちのほうがよっぽど怖い顔をしているだろう。

　そのとき、どやどやと数人がリビングダイニングに入ってきた。

　スーツ姿と現場鑑識作業服姿がそれぞれ四人ずつだった。

「堀主任はどちらにいらっしゃいますか」

　先頭で年かさの私服捜査員が尋ねた。

「堀は俺だ」

「神奈川署刑事課の山下《やました》です。遺体はどこですか？」

　私服捜査員は丁寧な調子で訊いた。

「ああ、いま案内させる」

　堀が立ち上がるのをきっかけに上杉は退出することにした。

「俺はいったん帰る。なにかわかったら電話してくれ」

「わかりました。吉弘は徹底的に締め上げます。津田についても必要な証拠は捜査本部や神奈川署と共有しますんで、なにか出てきたら、速攻で連絡します」

　上杉の背中に向かって堀は叫んだ。

「ああ、頼んだぞ」

　右手をかるく挙げて上杉は戸口へと向かった。

　入口には地域課の制服を着た巡査が二人立っていた。

「ご苦労さん」

　上杉がねぎらうと地域課員は挙手の礼で応《こた》えた。

「お疲れさまでした」

タワーマンション内のことで、野次馬は少なかった。

一〇メートルくらい離れたところに、五、六人の男女が立って、不安そうにひそひそ話をしていた。

上杉は野次馬を尻目《しりめ》にエレベーターホールへと足を進めた。

「さて、次は織田の力を借りるしかないな」

エレベーターに乗った上杉は独り言をつぶやいていた。

根岸分室に戻った上杉はすぐに織田に電話を入れた。

「ちょっと待ってくれ……こっちから掛け直す」

織田はいったん電話を切った。

一五分ほどしてスマホが鳴動した。

「待たせて済まない。ちょっと手が放せなかった」

「まずい事態になった」

「どうしたんだ？」

「津田信倫が殺された」

「なんだって！」

織田は叫び声を上げた。

「自宅で毒を飲んで死んでいた。状況からすると、自殺を強要されたようにも思える」

「口封じか……」

織田は言葉を失った。

「まず間違いない」

「それは痛いな。津田から本筋が見えてくると期待していたのだが……」

「そうなんだ……筋が辿《たど》れなくなってしまった……で、織田に頼みがある」

「できることならなんでもやるぞ」

気負い込んで織田は答えた。

「頼もしいな……もし、殺人か自殺強要と判断されれば神奈川署に捜査本部が立つと思う。いずれにしても津田の部屋にあるものは暴対課と、捜査本部か神奈川署が根こそぎ押収するはずだ」

「おまえに対する殺人教唆容疑の加害者として暴対課が扱い、殺人の被害者として捜査本部か神奈川署が扱うというわけだな」

「その通りだ。で、堀にめぼしい証拠をチェックしてもらうんだが、堀と連携して証拠から黒幕につながるような情報を引き出してほしいんだ」

「津田が殺されたからには、ほかに手段はないな」

「背乗りに関しては吉弘組と皆川組の犯行だ。だが、こいつらは香里奈殺害に関しては無関係だと俺は思ってるんだ」

「その推測は間違ってないと思う。吉弘組にやらせるくらいなら、最初から背乗りなんて厄介な手段を選ばないだろう」

「そうなんだ。香里奈を単なる事故に見せかけて殺害し、彼女が追っていた事件をうやむやにした。背乗りという手段を使って、実行犯の臼杵速人を荒木重之に見せかけて隠した。こんな手間と金の掛かる手段を使った狡猾《こうかつ》な男が黒幕だ」

「わかった。津田の部屋から押収した物品のなかから役に立ちそうなものを徹底的に洗ってみるよ」

「証拠の解析は人手が必要だ。俺一人では手が足りない。織田に頼むしかないんだ」

「力を尽くす」

「頼んだぞ。堀の携帯番号を後で送っておく」

「ああ、直接話したほうが早いな」

「よろしくな」

「ところで、上杉、おまえに警固を付けなくてもいいのか」

織田は心配そうに言った。

「警固だと？　なんのためにだ？」

「高橋という鉄砲玉では失敗したが、黒幕は別の刺客《しかく》を送ってくるんじゃないのか」

「津田の口を封じた以上、もうそんなことはないだろう」

「おまえは大胆な男だな」

織田はあきれたような声で言葉を継いだ。

「また狙われたらどうするつもりなんだ」

「考えてもみろよ。織田が俺の警固を考えているんだぜ」

「だからどうした？」

織田のけげんな声が響いた。

「黒幕も同じことを考えているはずだ。だから、刺客なんて送ってくるもんか。警固の警官たちが待ち構えていると思うだろ？」

「なるほどそういうことか。刺客は逮捕され、また、いらぬ手がかりを残すことになる……」

「わかったか、だから敵はいま暗殺者なんて送ってこないよ」

「まぁいい。必要になったら、いつでも言ってくれ。神奈川県警の警備部に頼んで精鋭を送る」

「まぁ、必要になることはないだろう。それより、証拠の解析のほうは頼んだぞ」

「任せといてくれ。しばらく掛かるとは思うが」

「朗報を待っているぞ」

「ああ、じゃあまた」

織田は電話を切った。

「眠くなってきたな」

上杉は独り言を口にしてソファに寝転んだ。

窓の外ではマンション建築現場のインパクトドライバーの音が響き続けていた。

【2】@二〇二〇年一一月二六日（木）

次の木曜日の夜、織田が根岸分室を訪ねてきた。

前回のように部屋が汚いだの、掃除しろだのと小言は言わなかった。

その代わりに手土産もなしだった。

「怪しい連中は現れなかったか？」

「あるわけない。この前言ったとおりだ。敵はなりをひそめているに違いない」

「そりゃよかった。おまえになにかあったら大変だからな」

「心配かけてすまないな」

「あたりまえじゃないか」

織田は口を尖《とが》らせた。

心配してくれる織田には感謝しなければなるまい。

津田信倫は自殺を強要されたおそれが強いと判断されたが、捜査本部は立たずに捜査一課と神奈川署の刑事課で捜査を進めている。その件かと思ったが、織田の顔を見ると、もっと大きい話のようである。

なぜか織田は興奮していた。

頬が上気していて、声がかるくうわずっている。

「ま、掛けてくれ」

上杉は冷蔵庫から緑茶のペットボトルを取り出しながら言った。

「海岸通りの県警本部から直行してきた」

言葉を発しながら織田はソファに身を置いた。

「なにかわかったのか」

対面に座った織田に声を弾ませて上杉は訊《き》いた。

「とんでもないものが飛び出してきた」

織田は歌うような調子で言った。

「もったいぶらずに早く言え」

「まぁ、そうあわてるな」

笑いを浮かべる織田は、自分の気持ちを静めているようにも見えた。

相当に有力な情報をつかんだに違いあるまい。

「津田信倫の隠し口座を見つけた。津田は小田原《おだわら》信用金庫というマイナーな金融機関に口座を持っていた」

「ほう、そんなものが見つかったのか」

「その口座を調べていたら、津田に資金提供をしていたと思《おぼ》しき人間が見つかったんだ」

「本当か？」

上杉は思わず大きな声を上げた。

「小田原市に本店登記がある株式会社西湘《せいしょう》エージェンシーという会社だ。税務署の届出や登記簿上は広告代理店となっているが、営業実態が不明だ。で、この会社について長谷川に調べてもらった」

「わかったのか」

「確証はつかめていない。だが、民政《みんせい》党の衆議院議員だった柴田《しばた》勝範《かつのり》の妻が実質上の経営者であると見られる」

「国会議員か……」

上杉は低くうなった。

「西湘地区を地盤としている神奈川一七区選出の議員で、最終役職は文部科学副大臣だった。西湘エージェンシーは、柴田議員の隠し献金などをひそかに受けていたふしがある」

「おい、もし本当なら政治資金規正法に引っかかるんじゃないか」

驚いて上杉は訊いた。

「当然だ。だが、この件に関しての捜査が行われることはないだろう」

「なんでだ？」

「柴田勝範は三年前に急性心筋梗塞《しんきんこうそく》で死亡している」

「なるほど。被疑者死亡だと、その手の事案はもう捜査しない可能性が高いな」

織田はかるくあごを引いた。

「で、ここから先が重要なのだが、ちょうど一〇年前に柴田議員が熱心に進めていた政策があるんだ。こいつがどうもうさんくさい」

「うさんくさい政策だと？」

言葉をなぞりながら、上杉は身を乗り出した。

「《クリア・プラズマ・アクア》って知っているか？」

「いや、初めて聞いたな、なんだそれは？」

なにを指す言葉なのかも上杉にはわからなかった。

「一種のアルカリイオン水だ。最近は還元水素水という呼称で知られているな。活性水素水あるいは電解還元水とも呼ばれている。水素ガスの溶解や、水の電気分解で作られるもので、いくつかの大学病院による研究で健康効果が認められている。健康に効果があるとされる原理については難しいので省くが、くだんの《クリア・プラズマ・アクア》も、抗酸化力が高くさびない身体細胞を作るという謳《うた》い文句だった」

「続けてくれ」

上杉は話の先を促した。

「アルカリイオン水は現在もたくさんの製品が世に出ている。たとえば大手家電メーカーなども還元水素水の精製装置を発売している。だが、その健康効果については、専門家の間でも賛否両論が激しいんだ。効果が怪しい製品がたくさん市場に出回っているとされている」

「ああいう健康商売はだいたいそんなものだろう」

「原理そのものを疑似科学だとする説も少なくない。一例を挙げると、疑似科学をテーマにした取り組みを行っている明治大学の科学コミュニケーション研究所は、水素水の経口摂取による人間への健康効果を科学的に検討した。結果として水素水を疑似科学だと断定している」

「そうなのか……」

上杉は言葉を失った。

大学の研究所が効果がないと言っている原理に基づく製品を、大手家電メーカーが作って市場に流通させているとは実に不思議な話だ。だが、我が国にはそうした事例が少なくない気がする。権威ある誰かに、ここでは大学病院だが……その評価を得た原理は、たとえ事実とかけ離れていても、後の者は否定できなくなってしまうという傾向は否めない。

「《クリア・プラズマ・アクア》は、日本ヘルスサイエンス研究所という財団法人が生み出した電解技術に基づくアルカリイオン水だ。機械を製造していたのは、南足柄《みなみあしがら》市に本社のある株式会社ヤース工業という家電機器の下請け部品製造メーカーだ。これが製品の写真だ」

織田はスマホの画面を見せた。

「見た目はウォータークーラーそっくりだな」

画面に見入った上杉はつぶやいた。

ビジネスホテルや役所などに置いてあるウォータークーラーという冷水機とほぼ同じ外観だった。筐体《きょうたい》の下部にあるペダルか、上部の水受けトレイのボタンを押すと、ノズルから冷水が小さな噴水のように出てくるあれである。

筐体は派手なライトブルーに塗られている。何本か白いストライプが走っていて《CPA》のロゴが躍っていた。

「アルカリイオン水の発生原理はメーカーによって微妙に異なるが、この原理を発明し、財団を運営していたのは理学博士の山川隆信《やまかわたかのぶ》という人物だ。問題はここからなんだ」

織田はちょっと息を吸い込んでから言葉を続けた。

「柴田議員は《クリア・プラズマ・アクア》を全国の公立小中学校と特別支援学校に設置する政策を推し進めていたんだ。児童・生徒に子どものうちから《クリア・プラズマ・アクア》の水を飲ませて健康な身体を育てようというお題目だった」

「たしかに、すごくうさんくさい話だな」

上杉は鼻から大きく息を吐いた。

「一般のウォータークーラーが一台一〇万円程度なのに対して、《クリア・プラズマ・アクア》はほぼ三〇万円だ。さらにメンテナンスのために保守点検契約を結ばせるから、全国の公立小中学校、特別支援学校に設置するとなると莫大《ばくだい》な利益が上がる」

「絵に描いたように怪しい話だ。金の臭いがプンプンする水だな」

柴田議員が進めていた政策はどう考えても怪しさ一二〇パーセントだ。

「一〇年前、柴田議員は文部科学副大臣という地位を利用して、この政策をかなり強引に推し進めていたらしい。なにせ三万校近い数があるからな」

「子どものうちから、《クリア・プラズマ・アクア》とやらに親しませれば、未来の消費者を育成することにもつながるわけか……だが、全国の市町村は予算不足に喘《あえ》いでいるんじゃないのか」

公立小中学校の備品を設置する予算は原則として市町村が負担する。

いまどき潤沢な学校予算を抱えている地方自治体などほとんど存在しない。

「その通りだ。だから、柴田議員は国庫から予算を引っ張り出すことに傾注していたんだ」

ありがちな話だなと上杉は思った。

「で、採用されたのか」

「パイロット事業というのだろうか。最初は小中学校や特別支援学校ではなく、お膝元《ひざもと》の神奈川県下の県立高校で試験的に何十台か導入した。神奈川県教育庁が推進した事業だ」

「全国展開はできなかったんだな」

「実は、柴田議員が政策を進めているうちに《クリア・プラズマ・アクア》そのものが頓挫《とんざ》したんだ。柴田議員が言い出してから二年後くらいの時期だな」

「頓挫したというと？」

「《クリア・プラズマ・アクア》の効用を立証していた山川博士のいくつかの論文に数値の偽造などが発覚して報道された。このアルカリイオン水には健康効果がないということが明らかになってしまったんだ」

「覚えていないな」

「まぁ、世間によくある話だからな」

織田はうんざりしたような顔で言った。

この手の数値偽造の報道など日常茶飯事になってきている。仕事に対する誠実さを失った日本はどうかしてしまっているとしか思えない。

「また、神奈川県下で試験的に導入されたなかの数台で精製されたアルカリイオン水にカビが発生する事故が生じた。メンテナンス体制が整っていなくて、フィルターのじゅうぶんな点検ができなかったせいだ。このため、《クリア・プラズマ・アクア》はキャンセルが相次ぎ、とうとう日本ヘルスサイエンス研究所は解散、ヤース工業は倒産に追いやられた。山川博士は失意のうちに一年後に病死し、ヤース工業の社長以下従業員は散り散りになっている」

これまた珍しくない話だった。

「で、柴田議員はどうなった？」

「柴田議員は何ごともなかったかのようにしれっとこの事業から離れた。論文偽造などを知らなかったとすれば、柴田議員に法的責任はない。また、政治責任も追及されなかった」

「ひどいもんだな。カビだらけの水を全国の子どもたちに飲ませようとしておいて……」

そこまで口にして上杉はハッと気づいた。

織田も意味ありげな目で上杉を見ている。

「そうか……この《クリア・プラズマ・アクア》こそが……」

上杉の声は震えた。

「香里奈が追いかけていた犯罪の中心にあるものだと思う」

織田は目を光らせた。

「彼女があの晩、残した言葉か……」

上杉がうなり声を上げると、織田は静かにあごを引いた。

「香里奈は『県内の罪のない子どもたちのためにも、わたしは頑張らなきゃ』と言っていた。一〇〇パーセントとは言えないが、香里奈が《クリア・プラズマ・アクア》を追いかけていた可能性は高いと思う。もし、この事業を進める上で柴田議員に不正があったとしたら、詐欺罪だけでなくたくさんの犯罪が絡んでくる可能性がある」

「贈収賄や政治資金規正法違反……いずれにしても捜査二課が追いかける犯罪だ」

上杉はふたたびうなった。

「《クリア・プラズマ・アクア》が全国の学校に設置されれば、莫大な利権となる」

「まさに利権だ……臭いな」

「ああ、腐臭が漂っている。追いかけたいが、山川博士は死んでいるし、ヤース工業の社長は行方不明で居場所を見つけるだけでも時間が掛かる。まずはパイロット事業を推進していた神奈川県教育委員会教育庁あたりを調べてみたいな」

「そうしよう。当時の担当職員に会って話を聞きたい」

上杉は自分の声が大きく弾むのを感じていた。

「どうだ？　一杯やらないか？」

「ま、今日はこの後の予定もないし、ビールくらいならいいぞ」

上杉は立ち上がると、冷蔵庫から缶ビールを取り出してカフェテーブルに置いた。

「よく冷えてるぞ」

「喋《しゃべ》り続けたんでのどが渇いた。ありがたい」

上杉の言葉に誘われるように織田はプルタブを引いた。

「優秀な警察官僚に」

「不死身の刑事に」

二人はビール缶を合わせた。

のどを鳴らして織田は一度にかなりの量のビールを飲んだ。

「いや、やっぱり疲れたときには助かるな」

缶から口を離してふわっと息を吐くと、織田は楽しそうに笑った。

「今回の事案はまったく闇のなかだったが、少しずつ光明が見えてきたな」

「ああ、取り掛かったときに比べたら、大変な進歩だよ」

「早く香里奈に報告したいな」

「同じ思いだ」

織田はしんみりとした口調で言った。

風が出てきたのか、窓の古いアルミサッシがカタカタと鳴り始めた。

【3】＠二〇二〇年一二月四日（金）

翌週の金曜日の夕刻。上杉と織田は、横浜駅からほど近い神奈川区の《みやがわ》という日本料理店の坪庭に臨む最奥の個室で、これから現れるひとりの男を待っていた。

この店は相手が指定してきた。

打ち水をしてある雰囲気のある門を入ると、和服姿の愛想のいい女将《おかみ》に案内された。坪庭のある思ったよりも風格のある店で、料亭と呼んだほうがふさわしいかもしれない。

ノータイだが、ツイードジャケットを着てきてよかったと上杉は思っていた。

織田は神奈川県教育局に在籍する当時の《クリア・プラズマ・アクア》担当者に次々に連絡を取った。

だが、県職員たちは口をそろえて「とくに話すようなことはない」と突っぱねた。彼らから話を聞き出すことは難しかった。

仮に彼らが収賄罪の構成要件にあたる行為をしていたとしても、時効は五年である。令状をとることはできなかった。

ところが、ただ一人だけ会ってもいいと言ってくれた元職員がいた。

当時の担当課長で、県の財務部長まで出世して一昨年《おととし》退職した小堀政義《こぼりまさよし》という男だった。

あらわれた小堀は真っ白な髪をオールバックにしていて年齢相応の貫禄《かんろく》があった。四角い顔で太い眉《まゆ》の下のメガネの奥に光る目は誠実そうな人柄を予想させた。

上杉と織田が名刺を渡すと、小堀は頰をわずかに赤らめた。

「いまは名刺を作っていません。肩書きもないので」

「悠々自適のお暮らしですか」

織田はゆったりとした調子で訊《き》いた。

「再任用の話もあったのですが、妻がわりあいと身体が弱いので、退職後はのんびりと温泉でも訪ねようと思いまして……」

「けっこうですね」

「娘と息子が一人ずつおります。よい子たちで親のことも思ってくれるのですが、二人とも何せ仕事が忙しくて、なかなかわたしどものところに立ち寄ってはくれません。これからは夫婦二人きりで生きていかなければならないなと思っております」

華奢《きゃしゃ》なグラスでまずはビールで乾杯した。

伊万里《いまり》の小鉢に盛りつけられた八寸の煮鮑《にあわび》は、とてもやわらかく上品な薄味で噛《か》むと甘みがじわっとひろがった。

店側には、話が済んでから料理を運んでもらうように予約時に頼んであった。

「今日は電話でお話しした《クリア・プラズマ・アクア》について、小堀さんがご存じの件を伺いたいのです」

織田は小堀の目をまっすぐに見つめて口火を切った。

「逃げて廻《まわ》った者が多いのでしょうが、それは間違っています。人は自分の行動には責任を持たなければならないと思います」

小堀はきっぱりと言い切った。

「ありがとうございます。詳しいことはお話しできませんが、わたしたちは《クリア・プラズマ・アクア》事業に関連する事案で捜査を進めているのです。少しでも参考になるお話を伺えたら、ありがたいと思って本日はご足労頂きました」

無言で小堀はうなずいた。

「わたしは県教委の事務局である教育局……当時は教育庁でしたが、その行政部財務課長でした。一〇年少し前ですが、上のほうからアルカリイオン水精製機を県立高校に置けというような話が下りてきました」

「上と言いますと？」

「数人の県議会議員と教育長周辺です。それ以上はちょっと申しあげられません」

小堀は気難しげに言って目を伏せた。

「けっこうです。話を続けて下さい」

織田はやさしい声で続きを促した。

上杉と織田にとっては《クリア・プラズマ・アクア》事業の不正を暴くことは目的ではない。

「実際に推進していたのは同じ教育局の指導部保健体育課です。公立学校の児童生徒等の健康管理に関することを担当している保健安全グループが直接の事務を取り扱っていたはずです。うちは金を出す役目ですから」

「なるほど……」

「事業の内容を聞くと問題点がいくつもありました。まず、アルカリイオン水精製機はいくつもあるでしょうに、はじめから《クリア・プラズマ・アクア》ありきの事業計画になっていました。これは問題があるぞと事業計画書を見て初めに思いましたね」

「《クリア・プラズマ・アクア》以外の選択肢はなかったということですか」

織田の突っ込みに小堀は小さくうなずいた。

「形式上はともかく、要求されている仕様を見ると、実際には《クリア・プラズマ・アクア》一択と言っていい内容でした」

ここまで聞いただけでも不正の臭いがプンプンする。

「事業の実施にあたっては、その効果を確認しつつ推進するということになっていました。具体的に言えば、数校ごとに設置する計画でした。わたしには競争入札を避けて随意契約にするためのカラクリにしか見えませんでした。さらに効果の確認方法があいまいで、生徒に対するアンケートというものでした。日常的に冷たい水が飲めれば、それは高校生は喜ぶでしょう。いちばん問題なのは、高校生たちに日常的に飲ませるのに、健康効果に対する論証が圧倒的に不足していることです。ですが、このあたりは私どもは専門外ですので、口を出しにくい領域です。わたしは通常の事業と同じように手続きを進めてゆきました。ところが……」

小堀は押し黙った。

「続けて下さい」

織田はやんわりと続きを促した。

「わたしから聞いたことをよそで言わないで下さいますか」

小堀の目にはわずかながら恐怖の色が浮かんでいた。

「もちろんです。小堀さんにご迷惑が掛かるようなことはしません」

織田はきっぱりと言い切った。

「この事業を推進している指導部の連中が、ヤース工業という事業者から頼まれたらしい怪しげなブローカーに、違法な接待でがんじがらめにされているという噂が流れてきました。親しい友人で指導部で専任主幹という地位にあった野村《のむら》という男に聞いてみると、それは事実だったのです」

「ブローカーの名前はわかりますか」

「さて、ちょっと覚えていません」

だが、津田信倫であることは間違いなかろう。

「わたしは怒りに燃えました。警察に言うべきかとも悩みました。ですが、わたしにも大事な家族がいます。子どもたちは二人ともまだ大学生でした。こんなことでクビになったら一家は立ちゆかなくなります。そのうちに、ある国会議員が絡んでいるという話が伝わってきました。余計なことをすれば、将来はないと思いました。わたしはそれきり目と耳をふさいでしまいました」

「無理からぬお話ですよ」

織田はなだめるように言った。

「わたしは自分でも怪しいと思っている事業を推進してしまったのです」

暗い顔で小堀は小さく首を横に振った。

しばらく小堀は黙っていた。

「小堀さんが悩む話ではないと思います」

織田の言葉に小堀はいくらか表情をやわらげて唇を開いた。

「ありがとうございます。でも、硬骨の男がいました。先ほど申しました野村です。誰にも言わず野村は一人で県警の捜査二課に相談に行ったのです」

上杉の胸は大きく収縮した。

織田の頬が小さく波うっている。

「続けてください」

少しかすれた声で織田は続きを促した。

「捜査二課の担当者の方は、贈収賄の疑いがある、あるいは《クリア・プラズマ・アクア》そのものに詐欺の疑いがあるとして、捜査を進めると答えて下さったそうです。野村にとっては大変に勇気が必要だったことで、わたし以外には彼の告発を知っている者はいないはずです。ですが、捜査が進まないうちに、責任者の方が交通事故で亡くなったということで沙汰《さた》止《や》みとなってしまいました」

上杉と織田は一瞬顔を見合わせた。

織田ののど仏はびくびくと震えている。

「警察の捜査については、小堀さんはそれ以上のことはご存じないですよね」

織田の問いに小堀は小さくうなずいた。

「はい、野村から聞いたのはこれだけです」

「野村さんはどうなさいました？」

「偶然なのかもしれませんが、野村はその年度末に県北部にある県立学校の事務長に異動させられました。指導部内で《クリア・プラズマ・アクア》事業に疑問を呈していたることが、上層部の気に障ったのかもしれません。事務長になってもそれほど給料が下がるわけでなく、生活は安泰でした。ですが、二度と県の教育行政の中核で仕事をすることはできなくなったのです」

その程度の報復でよかったと解すべきか。

「ぜひ野村さんに会ってみたいです」

織田は気負い込んで言った。

「残念ながら野村は死にました」

小堀はぽつりと言った。

「亡くなったのですか？」

織田の声は裏返った。

「ええ、事務長に異動してすぐのゴールデンウィークに丹沢《たんざわ》にトレッキングに出かけて崖から足を踏み外して滑落死しました。高校に異動してからは趣味の山歩きと野草観察に力を入れるんだと言っていただけにかわいそうな話です」

小堀はしんみりとした調子で言った。

あるいは吉弘組の仕業かもしれない。

野村という男は要らぬ告発をしたがために、口封じに消されたのか。

「わたしが《クリア・プラズマ・アクア》についてお話しできるのはこのくらいです」

小堀はかるく頭を下げた。

非常に有益な情報と言わなければならなかった。

話が済んだので、織田が料理を運んでもらうように頼んだ。

次々と見た目にも美しい会席料理が運ばれてきたが、美味《おい》しいはずの料理を上杉は少しも味わうことができなかった。それくらい上杉のこころは揺れ動いていた。

「すっかりご馳走《ちそう》になりました。織田さんと上杉さんの捜査が無事に進みますことをお祈りしております」

二合ばかりの酒に頰を染めて小堀は帰っていった。

デザートの小田原みかんのゼリーには手を付けずに、上杉と織田はしばらく飲んでいた。

「なぁ、織田、どう思う？」

上杉は銚子《ちょうし》から織田の杯に酒を注ぎながら訊《き》いた。

「《クリア・プラズマ・アクア》事業がよく見えてきた」

「その通りだ。柴田議員の意志で津田が暗躍していたことがはっきりと浮き彫りになった。だが、俺は野村のことがいちばん引っかかった」

「おそらく事故を装って殺されたのだろうな。実行犯は吉弘組あたりか」

杯を干した織田は言った。

「問題は誰が実行犯かということじゃないんだ。香里奈と野村、どうして《クリア・プラズマ・アクア》事業の実態を暴こうとする者たちが次々に敵の手に掛かったかということなんだ。とくに野村が捜査二課に訴えに行ったことは、そう大勢の者が知っているわけではあるまい？」

上杉はわだかまっていた疑問を口にした。

「本人が言っていたとおり、友人で話したのは小堀さんだけだろうしなぁ」

座敷にしばし沈黙が漂った。

「神奈川県警内部に敵の内通者がいるのは、ほぼ間違いがないいな」

「実はわたしも同じことを考えていた」

織田は上杉の目をまっすぐに見て言葉を継いだ。

「しかし、県警内部の内通者をあぶり出すのは、容易なことじゃないぞ。一〇年前の話だ。皆が異動して散り散りになっている」

「藤堂に会っても無駄か」

上杉は先月の九日に訪ねた藤堂高彦室長のことを思い出していた。

「藤堂室長はもうなにも喋《しゃべ》ってはくれないだろう」

織田はしたり顔で言った。

「では、次の一手をどうする？」

「うーん、思いつかないな」

座敷に沈黙が続いた。

坪庭でつくばいの水音が響き続けた。

「ところで上杉、覚えているか？」

ふと思いついたように織田が言った。

「なにをだ？」

「真田さんのお疲れさん会だよ。例の新駅予定地連続爆破事件で彼女は大活躍だった。ねぎらう会をやろうって約束しただろ」

「そんな約束したっけか」

これは嘘だ。本当は忘れていなかったが、上杉はお疲れさん会どころではなかった。

「おまえがオーケーしたから、二人でお祝いするって真田さんに伝えてあるんだぞ」

織田はあきれ顔になった。

「まぁいい。それで？」

「今日は金曜だろ。本当のお疲れさん会はもっと先延ばしにするとして、彼女を呼び出して飲まないか」

織田の声は弾んでいた。

「俺はかまわないが……」

上杉は織田のように簡単に意識が切り替わらない。

頭のなかは小堀から聞いた話でいっぱいだった。

「実を言うと、こういうときこそ真田さんの知恵を借りたいと思ってな」

さすがにこいつは俺より計算が立つ。だが、悪くないアイディアだ。

「そうだな、真田は頭がいいからなにかヒントをもらえるかもしれないな。だけど、織田はそれでもいいのか？」

「なにがだ？」

「この事件について意見を聞くとなると、香里奈のことをすべて真田に話さなきゃならないぞ」

「それがどうした」

今度は上杉があきれる番だった。

「織田は本当に鈍感な男だな」

「ああ、前にもある女性にそんなことを言われた」

織田は微妙な表情でうなずいた。

「香里奈のことを話したら、真田がむくれちまうかもしれないじゃないか」

「まさか、一〇年前の話だぞ」

織田は信じられないという顔で目を見開いた。やはりこいつは鈍感だ。

「ま、おまえがいいなら、俺に異存はない」

「じゃあ、これから電話してみる。場所は《帆ＨＡＮ》でいいな」

「おまえの好きにしろ」

織田はスマホを取り出した。

夏希にはすぐにつながり、織田は誘いの言葉を口にした。

「一時間後に《帆 HAN》で待ち合わせた。会計してくる」

電話を切ると、織田は立ち上がった。

真田に頼るのは意外と悪くない選択ではないだろうか。

ころころとかろやかなつくばいの音を聞きながら、ぼんやりと上杉は思うのだった。

第四章　策　略

【1】　@二〇二〇年一二月四日（金）

夏希はなんだかウキウキしていた。

上層階へと高速で昇ってゆくエレベーター内で鼻歌が出てきて自分でも驚いた。

織田と上杉に急に呼び出された。

こんなことは初めてだった。

しかも、待ち合わせは大好きなあの《帆ＨＡＮ》だ。

夜景の美しさも、モダンジャズに包まれた洒落《しゃれ》た店内も、やさしいマスターも大好きだった。

だが、織田の隠れ家のような《帆ＨＡＮ》に、一人きりで飲みに行くのは気が引けた。

部屋でシェリー片手にDVDを見て過ごす週末も悪くはない。だが、たまにはこんな夜があってもいい。

「いらっしゃいませ」

扉を開けると、マスターがにこやかに声を掛けてくれた。

「こんばんは、いきなり呼び出してすみません」

織田が例の夜景の美しい席から立ち上がって歩み寄ってきた。

「いえ、どうせ暇でしたから」

正直に言うのもシャクだったが、嘘をついても仕方ない。

「よぉ、元気そうだな」

上杉はソファに座ったままで、ワイングラスを掲げて会釈を送ってきた。

「上杉さん、どうも」

ほかに客はいなかった。こういったバーが混み始めるにはまだ夜も早いのかもしれない。

「真田さん、ご無沙汰《ぶさた》しています」

「マスター。お会いできて嬉《うれ》しいです」

マスターには過去に世話になったことがある。

上杉に急に放り出されたときだった。

「僕もですよ、お元気そうで何よりです。お飲みものは?」

「ワインが飲みたいです」

「赤と白、どっちがいいですか？」

「赤でお願いします。どちらかというとフルボディがいいなぁ」

「かしこまりました。そうしましたら、織田さまと上杉さまにも認めて頂いたフランス南西部のピレネー・バスク地方で醸されるＡＣマディランのフルボディをご用意しましょう」

「楽しみです」

織田にエスコートされて、夏希はソファに身体をうずめた。

「この前の事件じゃ大活躍だったそうだな」

上杉が口火を切った。

「いえ、いろいろと悲しい事件でした」

夏希は肩を落とした。

「お疲れさん会はまたの機会にちゃんとやるつもりだ。実は今日は相談したいことがあってわざわざ来てもらったんだ」

上杉はいつもとはちょっと違った低いトーンで言った。

「わたしでお役に立てることでしたらいいんですが」

優秀なこの二人に夏希がアドバイスできるとしたら、脳科学や臨床心理学の知識くらいだろう。

「いや、真田の頭脳は俺たちとはどこか違っている。俺と織田で考えあぐねている一件だが、真田ならいい解決策を見つけてくれるかもしれないと思ってな」

夏希の目をまっすぐに見つめて上杉は言った。

二人が考えあぐねていることにアドバイスなどできないと思っているところに、マスターがワインを持って来てくれた。

「美味《おい》しい！」

ひと口飲んで夏希は小さく叫んだ。

豊かなアロマとちょうどよいタンニン、ふくよかで濃厚なのに身体にすーっと入って来るバランスのよさ。夏希の好みによく合っている。

「お気に召して何よりです。おつまみはどういたしましょうか？」

マスターは機嫌よく訊《き》いた。

「おまかせします。このワイン、本当に美味しいです」

一礼してテーブル席から離れると、マスターはクローズドの札を出してしまった。

かき入れ時の金曜の晩なのに大丈夫なのだろうか。

もっともこのお店は一見《いちげん》さんが気軽に入ってこられるような雰囲気ではない。基本は予約客だけなのかもしれない。

「事件のことは織田から話すか？」

上杉の問いに織田は静かに首を横に振った。

かるくうなずいて上杉は唇を開いた。

「実は俺と織田はいま、ある事件を追いかけている……」

眉根《まゆね》を寄せて、シリアスな顔で上杉は話し続けた。

長い長い話だった。

重い重い話だった。

夏希は美味のワインを忘れて話に聞き入った。

「……これが一〇年前の事件の全容だ。あのときは事故だと信じていたが、事故ではなかった」

話を聞き終わった夏希はしばらく涙が止まらなかった。

声もなくいつまでも泣き続けていた。

織田がハンカチを差し出してくれた。

「大丈夫ですか」

「あ、ハンカチ持ってます」

あわててハンカチを取り出して、夏希は涙に濡《ぬ》れた顔を拭《ふ》いた。

「香里奈さんって本当にかわいそう」

夏希は涙声で言った。

そう、死んだときの香里奈ほどかわいそうな女性はいない。仕事一途《いちず》に生きて、そのために悪党の手に掛かって若い生命を奪われたのだから……。

だが、死後は幸せかもしれない。こんな素敵な男性二人にいつまでも愛されているのだから。

――カリナ、目を開けてくれっ
――お願いだ……死なないでくれ……

上杉の寝言を思い出した。

あの寝言で、存在を初めて知った香里奈の死は本当に悲惨なものだったのだ。

――彼女はどことなく、あなたに似ているのです。容貌《ようぼう》も雰囲気も……彼女は優秀でありながら、おしゃれでかわいらしい女性でした。

――彼女のことは……僕も好きだったのです。……上杉は恋敵でした。

織田の言葉も思い出していた。

上杉の話を聞いて、香里奈がどんなに魅力的な女性であったかがよくわかった。

二人がどんなに香里奈を愛していたのかも伝わってきた。

織田と上杉の奇妙な関係を作っているのが香里奈の死だったことも痛感した。

自分と織田や上杉とのあいまいな関係のまんなかにも、香里奈というひとりの女性に対する二人の思いが横たわっていることをあらためて感じざるを得なかった。

上杉がふたたび口を開いた。

「香里奈の死が、事故ではないという前提のもとに織田と俺は捜査をはじめた。すると、一〇年前には思いもしなかったたくさんの事実が見えてきた。香里奈の死の真相に徐々に迫ってきたんだ……」

上杉は淡々と話し続けたが、二人の今回の捜査は驚きの連続だった。

とくに上杉は相変わらず銃を抜く羽目に陥るのだ。

「キーパーソンと考えられるブローカーの津田信倫、重要な立場にあった柴田議員、《クリア・プラズマ・アクア》事業を運営していた山川博士、贈収賄の実態を知っていたと思われる県職員の野村はすべて死んでしまった。津田と野村は口封じのために殺された可能性も高い。では、この殺人者は誰なのか。実行犯はともあれ本当の悪人を知りたいんだ。俺を殺そうとした首謀者も同じ人物だろう。この殺人者は血も涙もない相当のワルだと思う」

「許せないです」

夏希は声を震わせながら言葉を継いだ。

「全体を俯瞰《ふかん》してみると、バラバラに見えるいくつもの事件が、実は一本の糸でつながっているというわけですね」

「そうだ、その通りだ。実行犯は何人かいる。だが、ひとつの意志に従って各犯罪は実行されていると考えるのが妥当だ」

「その首謀者をどうしても追い詰めたいですね」

夏希の怒りの声に上杉は大きくうなずいた。

「いま、俺たちは、神奈川県警内部に敵の内通者がいると考えているんだ」

「県警内部に内通者ですって！」

夏希の声は裏返った。

「そうだ、おそらくは首謀者に近い位置にいる者だろう。しかし、その内通者に迫る手段がない。いったいどんな手段を使えば、その内通者に迫ることができるのか考えあぐねているんだ。だから、真田にヒントをもらいたいんだ」

上杉はかるく頭を下げた。

追随して織田も顔の前で手を合わせた。

「難しいです。お二人が考えてもわからないことなんですから……」

夏希は口ごもった。

「まぁ、飲んでください」

織田は夏希のグラスにワインを注ぎながら言葉を継いだ。

「真田さんは人間のこころがよくわかる方です。だから、きっと今回の内通者の心理もわかると思いまして」

「わたしを買いかぶらないでください」

過大な期待をされても困る。夏希には重すぎる期待だった。

「いえ、謙遜《けんそん》しないでください。真田さんはいままでもさまざまな専門知識や技術を駆使して犯人を追い詰めていきました。しかし、そのベースにあるものは知識でも技術でもない。あなたの他者を理解する力です。そんなところも香里奈と似ている……」

覆い被《かぶ》せるように上杉の言葉が響いた。

「たしかにそうなんだ。真田と香里奈はいろんなところでよく似ている。間違いなく真田は優秀だ」

「ありがとうございます……」

二人の言葉は、夏希のこころにさざ波を立てた。

比べないで。

わたしは香里奈さんじゃない。

夏希は叫びたかった。

だが、この感情は嫉妬《しっと》ではない。

はっきりした嫉妬を感ずるほどに自分は織田や上杉を想っているわけではない。

ただ、知らない香里奈と重ね合わせて自分を見られるのは嫌だった。

感情のさざ波が落ち着いてきた。

心地よいピアノトリオが夏希のこころを鎮めてくれる。

しばらくの間、夏希は店内をふんわりと覆っているジャズにこころを委《ゆだ》ねた。

ハンク・ジョーンズの「枯葉」の最後の和音の残響が消えたときだった。

夏希の脳裏に火花が散った。

「ひとつだけ、思いついたことがあります」

夏希は二人の顔を見て言った。

「教えてください」

織田が目を輝かした。

「でも、無謀な計画なのです。この手はふたつの意味で問題があります」

「なんだ？　問題って？」

上杉も身を乗り出して訊《き》いた。

「ひとつはこの計画を実行したら、わたしたちのなかで誰かが犯罪者になってしまうということです」

夏希の言葉に上杉はにやっと笑った。

「なんだ、そんなの俺が犯罪者になれば済むことじゃないか」

あっけらかんと上杉は言った。

「だけど、上杉さん……」

言いよどむ夏希に上杉は催促した。

「いいから教えてくれよ。実行するかどうかはその後考えりゃあいい」

「わかりました。まず、ネットのツィンクルかなにかに、敵の犯罪事実を暴露して関係者の名前を列挙するんです。これは名誉毀損《きそん》になりかねないです」

「犯罪事実はいいと思いますが、関係者の名前を出すのはどうでしょうか？」

　額に縦じわを寄せて織田が難色を示した。

「もちろん被害者だけでもいいと思います。つまり殺された香里奈さんや津田さん、野村さんなどです」

「なるほど、刑法二三〇条二項は『死者の名誉を毀損した者は、虚偽の事実を摘示することによってした場合でなければ、罰しない。』と規定していますね」

　織田は低くうなった。

「ただ、殺された事実が虚偽と判断されれば名誉毀損に問われる場合があり得ます。また、遺族から民事で損害賠償請求される場合もあります」

　このあたりの法律知識は、夏希は警察官になってから勉強してきた。自分は仕事のなかでネットを中心にたくさんの発言をしなければならない立場だから、名誉毀損にはいつも注意を払わなければならないのだ。

「判例によれば、死者の名誉を毀損した行為が同時に遺族の名誉を毀損したとする場合と、遺族の死者に対する敬愛追慕の情を侵害した場合には、遺族による損害賠償を認めていますね」

織田はさすがに詳しい。

「そんなもん、俺の名前でやりゃあいい。凶悪犯人を捕まえるためなら、それくらいの違法行為なんでもないぞ」

上杉は少しも意に介していなかった。

「で、でも……」

「この前だって、俺は吉弘組の事務所で拳銃《けんじゅう》ぶっ放してるんだ。正当防衛が成立する余地のないところで、相手を脅迫するためにな。吉弘組長も俺のことを特別公務員暴行陵虐罪で訴えるってわめいてたぞ」

上杉は平気の平左だった。

「もうひとつの問題点はなんだ?」

「あえて発信者情報をさらして、自分が囮となって敵を待ち受けるんです」

「なるほど、そいつはいい」

上杉は手を打って喜んだ。

「そうすりゃ隠れている敵をおびき寄せられるな。よし、その手でいこう」

「でも、危険です」

自分で提案しながら、夏希は不安になってきた。

「虎穴に入らずんば虎児を得ずってのは俺たちのためにある言葉じゃないか」

どこか上杉ははしゃいでいる。

たいして飲んでなさそうだし、酔っているとは思えない。

こうした危険と隣り合わせの捜査が、上杉は根っから好きなのだろう。

「それは上杉だけの話だ。警察はそんな危険な捜査をできるだけ避けるべきだ」

織田は気難しげに眉間《みけん》にしわを寄せた。

「心配するな、名誉毀損のリスクも、囮のリスクも俺が一人で負う。織田には迷惑は掛けない」

「わたしはそんなことを言ってるわけじゃないんだ……おまえが危険でいいはずがないだろう」

織田はちょっと尖《とが》った声で言った。

「警固の人数をつけてもらったらどうなんですか」

夏希の言葉に上杉は首を横に振った。

「いや、近づいたらパクられるような状況では敵は襲ってこない。こちらが油断や隙を見せてこそ敵は襲ってくるんだ。警察内部にいる敵だとすれば、警固がついていることを感づかれる怖れも多い」

「でも、心配です……」

夏希の声は震えた。

「大丈夫だ。俺は不死身だ」

上杉は意に介していないように笑って言葉を継いだ。

「とにかく真田のプランでいこう。隠れてる敵をおびき出すのは楽しいぞ」

上杉がここまで乗り気なら、夏希がこれ以上心配しても無駄だ。

それにいままで一緒に行動して、上杉の強さはよく知っていた。

「この作戦を実行するとなると、技術面でのサポートが必要となると思います」

夏希は話を進めることにした。

「そうだな……ネットに強い人間に手伝ってもらいたいところだな」

上杉はあごに手をやった。

「やっぱり小早川《こばやかわ》さんですね」

夏希はほかに選択肢はないと思っていた。

「ええ、さしあたって小早川さんがいいでしょう」

織田も即座に賛成してくれた。

「能力的には適任だ。だけど、あいつに香里奈の話を一からするのはどうかな……」

上杉の気持ちはわかる。

香里奈の話は、上杉と織田にとっては非常にセンシティブな内容に違いない。

どちらかというとデリカシーがなく、仕事上のつきあいに過ぎない小早川に香里奈の悲劇を伝えたくないのだろう。

だが、心配はない。

「詳しい事情を話さなくても小早川さんなら力になってくれると思いますよ。言い方は悪いですけど彼は自分の能力が発揮できる場面をいつも求めている人ですから」

仕事上で夏希は小早川とはわりあいよく組むことになる。彼の性格はつかんでいるつもりだった。

「そうだな、真田ほど小早川のことを知ってるわけじゃないが、あいつは出世とか金とかを求めているタイプじゃないな。自分が頭いいってことを確認できることが生きがいなんだ。そういう意味ではさわやかな男だ」

上杉も納得したようだ。

夏希はさっそく小早川に電話を入れることにした。

五回ほどコールすると、小早川の高めのトーンが耳もとで響いた。

「あ、お疲れさまです。真田です」

「珍しいですね。捜査本部《ちょうば》が立っているわけでもないのに、こんな時刻にお電話頂けるとは」

小早川は上機嫌な声で答えた。

「いまお時間いいですか」

「いいですとも、つまらない資料解析を仕切ってましてね。いい加減うんざりしていたところなんです」

「え、小早川さんまだ本部ですか」

「ええ、ちっとも働き方改革できないのがうちのカイシャですから」

自嘲《じちょう》気味に小早川は答えた。

「小早川さんのお力をお借りしたいことが出てきまして、まず話だけでも聞いて頂きたいのです」

夏希は丁重に頼んだ。

織田と上杉にとっては仕事かもしれないが、いわば非公式な捜査だ。

小早川の善意に頼るしかないのだ。

「ほかならぬ真田さんのご依頼とあればもちろんですよ」

快活な声で小早川は答えた。

「実は織田さんと上杉さんが二人で追っている事案なんですけど」

夏希の言葉を遮るようにして、小早川は驚きの声を上げた。

「織田理事官と上杉室長がタッグ組んでるんですか」

織田と上杉が世界を股《また》に掛けて捜査の旅に出ていたことも小早川は知らない。

彼にとっては意外な組み合わせに違いない。

「ええ、二人と一緒にわたしも事案のことを考えているんですが」

「それはそれはお疲れさまです。その三人が追いかけているとなると、大きな事案でしょうね。徒《あだ》やおろそかにはできませんね」

「はい、真実が明るみに出れば、とても大きな事件になると思います。何人も殺されている可能性がある凶悪事件なんです」

「なんですって！」

小早川は叫んだ。

「この一件では、神奈川県警内部に犯人かその協力者がいるものと思われるんです」

「本当ですか……」

小早川の声はかすれた。

「それで、敵をおびき寄せるために、事件の概要と事件関係者の名前をネットで暴露したいんです」

「でもそんなことをすれば名誉毀損《きそん》になりますよ」

小早川はとまどいの声を上げた。

「承知の上です。リスクは上杉さんが負うって言ってます」

「まぁ、あの人はこれ以上、悪い立場にはならないか……」

遠慮会釈ない小早川らしい答えが、いまの場合は不快には感じられなかった。

「そこから先なんですけど、発信者である上杉さんの位置情報をあえて敵に曝《さら》して、襲撃させようという計画なんです」

「えっ……」

小早川は絶句した。

「き、危険すぎます。うちから警固を出しますよ」

小早川の声ははっきりと震えていた。

「それでは敵が襲ってこないと上杉さんは言ってます」

「し、しかし……」

小早川の逡巡《しゅんじゅん》を察したか、上杉が夏希のスマホを横から奪った。

「おい、小早川。俺はこのヤマに生命張ってんだ。俺のことはどうでもいいから、おまえの優秀な頭脳でサポートしてくれっ」

上杉はなかば怒鳴り声で言って、夏希にスマホを返した。

「もう、怒鳴らなくてもいいでしょうに……」

小早川がふくれっ面をしているのが目に見えるような気がした。

「ごめんなさい。あまりに凶悪な事件なんで、上杉さん、ちょっと気が立っているみたい。とにかくいまのプランを実行するために、小早川さんがお持ちのネットについての専門知識をお借りしたいんです」

夏希は丁重に頼んだ。

上杉がニヤニヤしながら右手でオーケーのサインを送ってよこした。

「わかりました。無駄な心配はもうしないって上杉さんに伝えといてください。そうですね、いまのお話を聞いていて、僕にもひとつのアイディアが出てきました」

「教えてください」

「まずは、敵に注目してもらう必要がありますよね。しかも、できれば、警察が組織的に行動していると思われないほうがよいわけです。たとえば、上杉さんが一人で突っ走っていると思い込ませたほうが敵は油断するでしょう」

「お言葉の通りだと思います」

「でしたら、どうでしょう。かもめ★百合《ゆり》のアカウントを使って、相手に伝えたい情報をツィンクルに流すというのは」

小早川はさらりと言った。

「はぁ？」

夏希の声は裏返った。

「そ、そんな困りますよ。わたしがかもめ★百合であることは、外部はともかく警察内部ではかなり大勢の人が知っています。わたしが狙われてしまいますよ」

夏希は悲鳴を上げた。

「ひろいネットの世界では情報を発信したところで、簡単に相手に届くものではありません。でも、かもめ★百合のアカウントであればあっという間にひろがります。たくさんの人が認知することになります」

「それはそうでしょうけれど……」

「大丈夫です。そのメッセージを流布させた後に、県警の公式アカウントから『かもめ★百合のアカウントが乗っ取られた。流されている情報は神奈川県警の意思ではない』との情報を流すんです」

「な、なるほど……」

「県警公式アカウントの情報ですから世間は信じます」

「たしかに……」

効果は上がるに違いない。

しかし、小早川のアイディアは非常に危険なもののように思えた。

「ただ、この計画を実行して県警内部の犯人を逮捕できなかったら、計画実行に携わった者は全員処分されますね。間違いなく」

夏希が心配していたのはその点である。

県警が虚偽情報を流すことになるわけだ。捜査のためという名目が立たなくなったら、処分は確実だろう。

「小早川さんが手伝ってくださったことは内緒にしましょう」

「いや、成功しますよ。僕はね、上杉さんを信じているんですよ。きっと、彼は犯人を逮捕します。あの人が本気になったら怖いものなしですから」

この小早川の言葉は、後で上杉に教えてあげないとならない。

「次に発信者である上杉さんの位置情報などを相手に伝える方法ですが……これは難問です」

小早川は気難しげに言った。

「IPアドレスを追跡可能にすればいいんじゃないんですか」

いつも小早川はIPアドレスの追跡・特定に尽力しているではないか。

「ＩＰアドレスを追跡可能にしたり、極端な話、開示したりすることもできます。しかし、相手は上杉さんには辿《たど》り着けませんよ」

「なぜですか？」

「プロバイダーに対して個人情報の開示請求をしなければなりません。原則として捜索差押許可状が必要となります。誰が請求するのですか。また、取得した情報をどのように警察内部の敵に伝えるのでしょうか」

　小早川は理詰めに答えた。

　夏希にも納得できた。

「では、どうすればいいのですか？」

「うーん、そうですねぇ……ちょっと手間の掛かる方法なんですが……」

「教えてください」

「飛ばし携帯をひとつ用意します。上杉さんの端末はＡｎｄｒｏｉｄですかね。また、ＳＩＭフリーでしょうか？　確認してください」

　夏希はスマホから耳を離して上杉にふたつのことを確認した。上杉は二回ともうなずいて答えた。

「ＡｎｄｒｏｉｄでＳＩＭフリーだそうです」

「では、端末はいつもお使いのものでいいです。そこに海外用のプリペイドＳＩＭカードを挿入して開通させます。すると端末は上杉さんのものでも、ネット上では別の新しい端末が誕生するわけです」

「なるほどなるほど」

夏希は感心して聞いていた。

「新しく誕生した端末を仮にX端末と名づけましょう。プリペイドSIMカードを使っている限り電話番号はわかりますが、X端末の契約者の住所や氏名はわかりません。このX端末を使ってかもめ★百合のアカウントにログインしてメッセージをツィンクルに投稿します。僕はX端末の電話番号の取得に成功したと言って番号を県警内部に流します」

「電話番号を流してどうするんですか？」

夏希には意味がわからなかった。

「実は携帯電話の電話番号だけで、相手の電話をハッキングできる闇アプリが存在します。それも複数存在するのです」

「本当ですか！」

夏希は小さく叫んだ。

「ええ、各所属長から県警内の全警察官に周知するようにとの文書が出ているはずですよ。うちが主導して流した情報ですが」

「わたし知りません。中村《なかむら》科長から聞いていないです」

たしかに聞いた覚えはなかった。

「ああ、現場に下ろしてもこれだからなぁ」

　小早川は嘆き声を上げた。

「週明けにでも科長に聞いてみます」

「非常に危険なので世間には知られてほしくない情報です。もちろん携帯電話会社各社などは対応策を講じているのでしょうが、イタチごっこですからね」

「わたし心配になってきました」

　自分の端末がハッキングされ、自分の位置情報が漏れていたら……。

　背筋が寒くなった。

「一般的なセキュリティソフトなどをインストールしてあれば、通常はこのハッキングから端末は守れますのでご心配なく」

「それなら安心です」

　夏希はホッとした。スマホにもセキュリティソフトは必須《ひっす》だと聞いてインストールしてある。

　部屋で酔っ払っている姿を勝手に撮影されるおそれはなさそうだ。

「周知したいのはその部分なんですよ。県警全警官が私物のスマホにもセキュリティソフトを入れてほしいわけです。警察官の端末がハッキングされるといろいろと不都合が生じますからね」

　小早川の声に怒りが籠《こ》もっている。

「な、なるほど」

だが、夏希に怒られても困る。

「さらに隙を作ります」

気を取り直したように小早川が続けた。

「隙ですか」

「ええ、GPSによる位置情報をオンにしておくのです。そうすればハッキングした相手は上杉さんの居場所が二四時間いつでも把握できる状態となります」

「敵は上杉さんの居場所をつかんで襲ってくるというわけですね」

「上杉さんとは気づかないかもしれません。ですが、かもめ★百合のアカウントを乗っ取った人間の位置情報と思うことは間違いないでしょう」

「非常にすぐれた計画だと思います。ただ、ひとつだけ心配なことがあります」

「なんでしょう？」

「敵が、わたしのように闇アプリの存在を知らなかったら、始まりませんよね」

「たしかにそうなんですが。ただ、危機管理意識の強い者なら知っているはずです。大胆な犯行を繰り返す警察官ならまず知っているでしょう」

「なるほど……」

リスクが大きい上に、不確かな部分がある計画だ。しかし、賭《か》けに出る必要のある状況なのかもしれない。採否は上杉が決めるだろう。

「僕はX端末に電話を掛け続ける役割を担当します。もちろん上杉さんは着信音を切っておいて一切電話に出る必要はありません」

「上杉さんと織田さんに話してみます」

「はい、もしオーケーなら、僕がX端末用のプリペイドSIMカードを用意しておきますから、月曜日にでも警備部に立ち寄ってほしいと伝えてください。さらにメッセージを流した後の態勢についても相談したいので、一時間ほどは時間取ってもらえるとありがたいです」

「わかりました。伝えます」

「なかなか大変なことだと思いますが、皆さん頑張ってください」

「頑張ります。ありがとうございました」

電話を切った夏希は、上杉と織田に小早川から伝授された計画を伝えた。

二人は真剣な顔で聞いていた。

「それは背乗り端末だな」

話を聞いた織田がおもしろそうに言った。

「小早川って男は頭いいくせに、どこか抜けてるな」

上杉がちょっとあきれたように言った。

「なにがですか？」

「X端末なんて作ったら、俺のふだんの電話が使えなくなっちゃうじゃないか」

「あ、そうか」

気づかなかった夏希も抜けているようだ。

「条件はAndroidでGPSつきのSIMフリー端末だろ。中古でいくらでも安く手に入る。明日《あした》にでも電気屋まわって手に入れるよ」

上杉は苦笑いした。

「問題は電話番号だけでハッキングできるという闇アプリを、敵が使ってくれるかですね」

夏希の懸念に織田は明るい声で答えた。

「僕は知ってましたよ。半年くらい前に廻《まわ》ってきた重要文書ですからね。もっともずっと以前から端末には必ずセキュリティソフト入れてますけどね。ふつうはあの文書は読んでいるでしょう。みんな知っていると思いますよ」

「俺はその文書は知らんな」

「おい、上杉、おまえが所属長じゃないか」

「そうだ、だが所属員は一人もいない」

「廻ってきた文書はちゃんと読めよ」

「俺も忙しいからな。だけど、その闇アプリは知っていたぞ。当然、自分の端末にはセキュリティソフトは入れてある」

上杉はとぼけた顔で笑った。

闇アプリの存在を知らないのは夏希だけだったようだ。

「さて、問題はどんなメッセージにするかだな」

織田は自分のスマホでテキストを打ち込みはじめた。

「こんなのはどうだろう？」

――憎むべき凶悪犯人へ
二〇一〇年一〇月、五条香里奈という女性警察官僚を交通事故に見せかけて殺し、その実行犯の臼杵速人を自殺に見せかけて殺し、ふたつの殺しをよく知っている津田信倫に自殺強要して殺したおまえ。地獄の底から訪ねてゆく。首を洗って待っていろ。
正義の使者X

「これで大丈夫かな」

織田は上目遣いに夏希と上杉を見て訊《き》いた。

「上出来だ。これなら敵は恐怖を覚えるに違いない」

上杉は大きくうなずいて賛意を示した。

夏希も効果的な脅迫文だとは思っていた。

「野村の名前は出さなかったんだな」

「臼杵と津田はろくでなしだから出してもいい名前だが、野村さんは遺族に気の毒だからな。遺族は事故と信じているだろうし、殺害されたと断定できたわけでもない」

「おまえの言うとおりだ。しかし、正義の使者Xってのはダサいな」

「いいじゃないか。セイバーとかゼロワンとかつけたら、上杉らしくないじゃないか」

織田は小さく笑った。

「なんだそれは?」

上杉は小首を傾げた。

「いや、なんでもない」

夏希もわからなかったが、特撮ヒーローの名前でもあろうか。

「いいよ。正義の使者Xで……よしこれでいこう。月曜に小早川のとこに行っていろいろとセットしてもらうよ」

「そうだな。で、どこで敵を待ち受けるつもりだ?」

「やはり根岸分室かなぁ。もう吉弘組のときのほとぼりは冷めたしな。出入口がひとつだから防戦がしやすい。それにもし万が一、銃撃戦となった場合、自宅より周囲に迷惑が掛かりにくいような気がする」

上杉は凄《すご》みのある顔で笑った。

そう言えば、上杉の自宅というのはどこにあるのだろう。

夏希は聞いたことがなかった。

「敵がやって来るとしたら夜だな」

「ああ、幽霊は昼間は出ないからな」

「おい、上杉、本当に警固は要らないのか？」

織田はまたも不安そうに訊いた。

「その議論はおしまいだ。さぁ、二人とも飲もう」

上杉はボトルを手にして、夏希と織田のグラスにワインを注いだ。

「そうですね、飲みましょ」

夏希は自分の声が少しうわずっていることを感じていた。

エレベーターで上がってきたときのウキウキ気分はすっかり消えていた。

だが、夏希のこころは熱く燃えていた。

上杉と織田のエネルギーが伝染してしまったのだろうか。

「それじゃあ、カンパーイ！」

夏希はグラスを高く掲げた。

「我らの真実に」

織田はよくわからない言葉を口にした。

「真田の頭脳に」

冗談なのだろうが、上杉はまじめな顔で言った。

「飲みますよ！　朝までだって」

変にはしゃいでる自分の心理状態が自分でも分析できない夏希だった。

BGMはすっかりおなじみとなったトミー・フラナガンの『ジャズ・ポエット』に変わっていた。

知的で明るいアップテンポのピアノはいまの夏希の気分にぴったりだった。

窓の外の夜景が夏希のこころを浮き立たせていた。

本当にこのまま朝まで飲み続けられたらいいな。

主塔の色が青く変わるベイブリッジを眺めながら夏希は思うのだった。

【2】 @二〇二〇年一二月八日（火）

昨夜から上杉は根岸分室に泊まり込んでいた。

当然ながら、この部屋にはベッドもまともな布団もない。

毛布一枚でソファに寝ている。

エアコンを入れっぱなしにして、ジャンパーを着ているので寒いことはなかった。

いつぞやトイレがこわれたときに刑事総務課に要望を出したら、トイレの改修に合わせてシャワーブースを取り付けてくれた。

身体は洗えるし、数日間泊まり続けてもどうということはなさそうだった。

電気を消しても、ガラス窓からは街灯の光が入って室内はかなり明るい。

かたわらのカフェテーブルには、自分のスマホと新しく用意したスマホ、さらには消音器をつけたままのＰ２０００が置いてあった。

このスマホには小早川が電話を掛け続けているはずだ。

いまも県警の一台の携帯の番号が表示されている。

だが、完全にミュートしているので気にならなかった。

気になるのは隣に置いてある自分のスマホである。

こちらには建物外部の三箇所に設置した人感センサーのアラートを受信できるようにしてある。

上杉は白い天井を眺めて考えごとをしていた。

一〇年経ったいまでも自分はあの夜のことを後悔しているのだろうか。

あの晩、自分が香里奈の話を聞く時間をとっていれば、彼女は死なずに済んだのかもしれない。

そうだとすれば、自分の人生は大きく違っていたのだろうか。

こんなに好き勝手に生きてきたのは、香里奈が死んで自分には失って怖いものがなくなったからなのだろうか。

だが、香里奈の喪失に一〇年も縛られているのは、単なる未練なのではないか。

すべての疑問に、いまも答えはなかった。

脳裏に真田夏希の顔が一瞬よぎって、上杉は驚いた。

真田のことはたぶん好きなのだろう。

いや、かなり好きなのかもしれない。

だが、いまの自分は、どこか虚無感に覆われたままだ。

真田を新たな人生をともに歩む相手だと考える自信がなかった。

しかし、金曜日の晩、なんで彼女はあんなにはしゃいでいたのだろう。

真田はふだんは感情の安定している女性だ。

あの晩は一時頃まで飲みまくって、ケラケラ笑いまくり、タクシーで帰っていった。

あんな真田を見たことがないが、理由はまったくわからなかった。

生命の瀬戸際がいつ訪れるかもわからないいま、こんな愚にもつかぬことを考えている自分がおかしくて、上杉はひとり苦笑した。

とつぜん自分のスマホからアラート音が鳴った。

一瞬、心臓が収縮した。

人感センサーが異状を感知したのだ。

「どうやらお客さんのようだ……」

上杉は立ち上がって拳銃《けんじゅう》を手にした。

しかし、誰も階段を上がってくる気配はなかった。

ネコにでも反応したのだろうか。

そう思った次の瞬間だった。

窓の外に異様な気配を感じた。

妙に明るい。
上杉は窓辺に歩み寄っていった。
外からの狙撃《そげき》を警戒しながら、窓をわずかに開ける。
なんということだ。
ガレージの前で火が燃えている。
あんなところに火の気があるわけはない。
敵が放火したに違いない。
上杉は拳銃を腰のベルトに差して部屋の隅に走った。
両手で消火器を抱え上げる。
外へ飛び出ようとした刹那《せつな》、上杉は気づいた。
「罠《わな》だ！」
このまま消火器を抱えて外へ出たところを狙撃されたら一巻の終わりだ。
応戦もできず、撃ち殺されてしまう。
敵の人数もわからない。
このまま飛び出るのは自殺行為だった。
窓の外はさらに明るくなってきた。
なにを燃やしているのかわからないが、建物に引火したら大変なことになる。
とりあえず火を消さなければならない。

上杉は部屋のなかを見廻《みまわ》した。

ラッキーなことに、網入りのビニールホースが部屋の隅に放り出してあった。この建物が機捜の分駐所だったときに購入されたものだろう。ほこりをかぶってはいるものの、長さは五メートルの新品である。

上杉はナイフを取り出すとホースを留めてあった結束バンドを切り取った。続けて上杉は、ホースを引っ張ってシャワーブースへと走った。

シャワーホースを外して、根元に取り付けて針金を巻いた。

ハンドルをひねり左へ目いっぱい回す。

上杉はホースを引きずって窓際へと走った。

たどり着く前にホースの口から水があふれ出し、盛大に床を濡《ぬ》らしはじめたが致し方ない。

上杉は自分の身体を濡らさぬように気をつけながら窓辺に近寄った。

さっきと同じように狙撃に注意しながら窓を少し開けた。

壁に背中を押しつけて、上杉は外からの弾丸を受けない位置に立った。

おもむろにホースの筒先を窓から外へ出し、ぼんやりと光る炎へ向けて放水を開始した。

しばらく水を出すと、炎が弱くなったのか、外の明るさはどんどん薄らいできた。

上杉はホースを窓の外にだらりと出して、自分は拳銃を構えて戸口へと足を運んだ。

敵のいる位置がわからない。
撃ってきてくれれば、その場所が標的となる。
だが、敵は静まりかえってなんの物音も聞こえなかった。
上杉は全身の神経を激しく緊張させて、一気にドアを開けた。
プシュッ。
消音器つきの銃撃音が闇のなかから響いた。
幸いにも銃弾は上杉の右の体側を抜けて背後の壁にめり込んだ。
瞬時、上杉が目を凝らすと、下方左手の電柱の横にひとつの黒い影が潜んでいた。
上杉はしっかりと拳銃を構えた。
バシュッ。
黒い影の左側一メートルの闇に向かって一発。
バシュッ。
続けて右側一メールの闇に一発。
黒い影は板のように固まった。
上杉は射撃を中止した。
黒い影はくるりと踵《きびす》を返すと、路地の出口へと向かって走り始めた。
体格から中背の男とわかった。
黒いジャンパーを着てニット帽をかぶっている。

上杉は踏み板を派手に鳴らして外階段を駆け下りた。

男との距離はおよそ一〇メートル。

「待てっ。撃つぞっ」

バシュッ。

上杉は空に向かって二発の威嚇射撃を行った。

「止まらないと、背中に撃ち込むぞっ」

上杉が怒鳴ると、男は動きを止めた。

両手を挙げてホールドアップの姿勢をとった。

上杉は銃の狙いを付けたまま、男へと歩み寄っていった。

「いま、俺の銃口はおまえの頭に向いている。妙な真似をすると、路上に脳みそをまき散らすことになるぞ」

上杉が低い声で脅すと、男の背中は目に見えて震えはじめた。

「う、撃たないでくれ……」

かすれて声にならない声が響いた。

こいつは素人だ。

上杉は直感していた。

ヤクザなら高橋のような半端者でも、もう少し度胸がある。

さらに拳銃の扱いに慣れていないことがわかる。

だが、一般市民は拳銃を所有していることはまずないと言ってよい。

やはり警察内部に敵がいたようだ。

「よし、まず銃を道路に放れ。できるだけ遠くに放るんだ」

「わ、わかった」

男は上杉の命令通り、自分の銃を右手に放った。

金属とアスファルトがぶつかる硬い音が響いた。

「よし、ゆっくりとこちらを向け」

男はこちらを向いた。

ニット帽とマスクで顔はよくわからないが、体格などから三、四〇代の男のようだ。

「マスクを外せ」

男は黙ったまま動かない。

「マスクを外せと言ってるんだっ」

上杉は銃を構え直した。

あきらめたように男はマスクを外した。

マスクの下から現れた男の顔を見て上杉は絶句した。

丸顔で細い目と小さな唇……。

「おまえ、暴対の阿部じゃないか」

上杉の声は裏返った。

阿部は黙って頭を下げた。

「手錠掛けるぞ。両手を前に出せっ」

上杉は左手に拳銃を構えたまま、右手でポケットのなかを探ると手錠を取り出した。

相手に隙を狙われないように注意深く姿勢を変えながら、上杉は阿部の右手に手錠を掛けた。続けて左手にも掛けた。

「逃げようなんて馬鹿なこと考えるなよ。おまえは一生松葉杖《まつばづえ》をついて歩くことになるぞ」

両手を手錠で拘束されたまま、阿部はうなだれた。

上杉は道路に転がっている拳銃を拾い上げた。

シグのスーパーP230という刑事がよく使うコンパクトなオートマチック拳銃だった。

ワルサーPPKのコピーと言われるほど型が似ている。

32ACP弾という銃弾《けんじゅう》を用いる拳銃で、9ミリパラベラムを使う上杉のP2000に比べると威力は落ちる。

上杉はP230をポケットにしまった。

「根岸分室に一緒に来い、おまえが先に歩くんだっ」

上杉が叫ぶと、阿部はとぼとぼと歩き始めた。

建物の前まで来てホッとした。

阿部が放火したのは段ボールらしく、すでに火は消えていた。

だが、二階に上がってうんざりした。

「あーあ、水浸しだ」

部屋のなかはビショビショで目も当てられない状態だった。

「ソファに座れ」

上杉は部屋の照明のスイッチを入れて阿部に向かって叫んだ。

阿部は素直にソファに座った。

水を止めてモップで床を拭《ふ》く間、阿部はずっと黙ってうなだれていた。

床掃除が終わった上杉は拳銃を右手にソファに歩み寄った。

「さて、なにから訊こうか」

上杉は阿部の正面に座ると、ふたたび拳銃を構えた。

「おい、顔を上げろ」

きつい声で命ずると、阿部は素直に顔を上げた。

「なんのために俺を殺そうとしたんだ?」

阿部はしきりと目を瞬いて答えを返さない。

「なめたマネすると、本当に撃つぞ」

上杉は銃口を上下に揺らめかした。

阿部は身体をこわばらせた。

「命令されたんだ」

「誰にだ？　まさか堀じゃあるまい？」

「堀さんのはずがない……堀さんはあんたの子分のつもりだ」

阿部は首を横に振った。

「そんなこたぁわかってる。だから、誰に命令されたんだ？」

上杉は怒鳴り声を出した。

阿部は黙りこくった。

「自分の身を守りたいと思っているのかもしれない。だが、俺に正直に言わないと、おまえはどんどん不利になるんだぞ。なんなら、あの窓から逆さに吊《つる》して、朝の通勤時間に晒《さら》しとこうか。いい見世物になるぞ」

上杉は面白そうに笑ってみせた。

青い顔のまま、阿部は口をつぐんでいる。

「いいか、こうなった以上、おまえをマスコミの餌食《えじき》にすることだって簡単なんだぞ。一本電話すりゃ喜んで飛んでくる。明日《あした》の一面におまえの顔写真が載るんだ。家族も喜ぶだろう」

「そんなこと警官のあんたにできるわけがないだろう」

阿部の口調には必死さがにじみ出ていた。

「俺は警察組織を守る気なんてさらさらないんだ」

「嘘だ。そんなはずはない」

「堀から聞いてないのか。俺は吉弘組の事務所でも一発ぶっ放したんだ。こんな流刑地に追いやられた俺だ。いつやめても悔いはないさ」

自嘲《じちょう》的に言った後で、上杉はすごんだ。

「だから、俺を殺そうとしたおまえがいちばんつらいと思う目に遭わせてやってもいいんだ」

「わかった。話す……もとの上司だ」

阿部は言葉少なに答えた。

「ほう、やはり警察官か」

「そうだ」

「そいつは誰だ？」

阿部はふたたび口をつぐんだ。

「おまえをよこしたボスは誰だって訊《き》いてるんだ」

上杉は銃口を阿部の顔に向けた。

阿部は身体を引き攣《つ》らせた。

「藤堂さんだ……」

か細い声で阿部は答えた。

上杉は頭を殴られたような衝撃を覚えた。

「藤堂というとあのキャリアか」

「そうだ」

「長官官房総務課秘書室長か？」

「そうだ、その藤堂だ」

あきらめたように阿部は答えた。

上杉には一瞬で理解できた。

藤堂は一〇年前のあの当時、捜査二課長だった。

香里奈が追っていた《クリア・プラズマ・アクア》はなんらかの理由で、おそらくは柴田議員がらみで捜査を中断させたかったのだ。

あるいは藤堂は香里奈に捜査をやめるように指示していたのかもしれない。

だが、あのまっすぐな性格の香里奈のことだ。

そんな不正な指示には耳も貸さなかったことだろう。

だから、香里奈は殺されたのだ。直属の上司によって……。

絶対に許せない。

殺してやりたい。

八つ裂きにしてやりたい。

叫び出しそうになる自分を上杉は懸命に抑えた。

奥歯が欠けるのではないかと思うほど歯を食いしばった。

こころの奥底でどす黒い怒りが竜巻のようにとぐろを巻いていた。

上杉はしばし呼吸を整えなければならなかった。

阿部は不思議そうな顔で上杉を見ていた。

しばし経ってこころが落ち着いた上杉は質問を再開した。

「おまえはいつ、藤堂の部下だったんだ？」

「藤堂さんが捜査二課長だった頃だ」

「一〇年前か」

「ああ、あんた覚えてないんだ。五条管理官が亡くなったときにも、俺はあんたに会ってるんだ」

「本当か」

上杉は小さく叫んだ。

「ああ、病院の霊安室で俺は刑事部長や藤堂課長と一緒だった。あんたは遺体のそばで泣いていただろ」

「藤堂もいたのか……」

なんということだ。

あのときはあまりに気が動転していた。

刑事部長にあいさつした記憶はあるが、藤堂や阿部がいたことなどまったく気づいていなかった。

織田はあのときは仕事で東京へ戻ったから覚えているはずはなかった。

藤堂への憎しみが、ふたたび燃え上がった。

自分が殺させておいて、いけしゃあしゃあと病院に顔を出すとはなんという冷血な男だ。

胸の鼓動が静まるのを待って、上杉はゆっくりと口を開いた。

「で、おまえはなぜ、俺を殺しに来たんだ？」

「藤堂さんに殺せと言われたからだ」

「なぜ藤堂は俺を殺したがるんだ？」

「あんたがあんな投稿をしたせいだ」

「あの投稿のどこがいけないんだ」

「だってそうだろう。五条管理官が殺されたことも臼杵が殺されたことも、津田が自殺を強要されたことも書いてあった。だが、警察内部ではそんな話はどこにも出ていなかった。この投稿をした奴の口を封じなきゃならないって思われるのはあたりまえだ」

「藤堂は津田を自殺に追い込んだんだな？」

「そうだ、あいつはあんたに尻尾《しっぽ》をつかまれるってヘタ打ったからな。自殺しなきゃ指を一本ずつ切り落として、歯をすべて抜いて、内臓をえぐり出して横浜港に捨てると脅しつけたんだよ。吉弘組にやらせるってな」

「藤堂は人間じゃないな……」

上杉はのどの奥でうなった。

「ところで、やはり携帯の位置情報でここを襲ったんだな」

「そうだ、あんた間抜けだよ。GPSは切っとけよ」

阿部は鼻の先で笑った。

「馬鹿野郎。わざと位置情報を漏らして、おまえのような間抜けが来るのを待ってたんだ。あの投稿だって、おまえらをおびき寄せるための餌として仲間と一緒に作ったんだ」

「そうだったのか……藤堂さんよりあんたのほうが一枚上手《うわて》だったな」

阿部はがく然とした表情になった。

「話を戻そう。おまえはなんで俺を殺しに来たんだ？」

「だから、藤堂さんから……」

「俺が訊いているのは、そのことじゃない。おまえは元の上司に人を殺せと言われたら、はいそうですかと殺しにいくのか」

皮肉っぽい口調で上杉は訊いた。

「そんなはずはないだろ」

「おまえ、藤堂にどんな弱みを握られてんだ？」

阿部は小さく首を横に振った。

「やっぱり足の一本くらい失《な》くさないとだめなようだな」

上杉はまたも銃口を揺らめかした。

「ま、待ってくれ。話す」

「そのほうが利口だな」

「あんたはもう知ってるだろうけど、五条管理官は事故じゃない。轢《ひ》き殺されたんだ」

「《クリア・プラズマ・アクア》の捜査を中断させるためにだな？」

いちばん肝心なことを上杉はゆっくりと尋ねた。

「知っていたんだな」

やはりそうだったのだ。

もっともこの前提は、ずっと以前から上杉のこころのなかでは動かないものとなっていた。

「捜査が進めば、たくさんの人間が贈収賄でつかまったんだろう。衆議院議員の柴田勝範をはじめ、神奈川県教育庁の職員たち、県警からも逮捕者が出たんじゃないのか」

阿部は小さくあごを引いた。

「藤堂さんも収賄でつかまっただろう。それに藤堂さんは柴田議員の引きで出世したんだ」

「なるほどな、そんなことだろうと思っていたよ」

「それだけじゃない。《クリア・プラズマ・アクア》自体がインチキ商品だったから、日本ヘルスサイエンス研究所の親分の山川っていうエセ学者はもちろん、そいつと連《つる》んでたヤース工業からも詐欺罪の逮捕者が出たはずた」

すべて、上杉と織田が考えていたとおりの図式だった。

「だから、五条管理官は轢き殺されたんだよ」

「ああ、臼杵速人にな」

「その臼杵を殺したのは……俺なんだ。どうせ、藤堂にバラされるから先に言っとくよ」

「そうだったのか……」

これは予想していなかった。

「地蔵担ぎというやり方で首つりに見えるように殺した」

「そんな無茶苦茶な命令を出されて、どうして実行したんだ？」

「あの頃、俺はとんでもない借金を背負っていた。筋の悪い借金で吉弘組に脅されてた。あのままだと、警察もクビになってヘタするとあいつらに殺されてたんだ。藤堂が話を付けてくれるって言うから従うしかなかったんだ」

「おまえが追い詰められたのは、もしかして違法賭博《とばく》のせいか」

「なんで知ってるんだ？」

阿部は目を大きく見開いた。

「新宿のキャバ嬢にそそのかされたんだろ？」

「そんなことまで知ってるなんて……」

「いや、いま初めて知ったんだ」

阿部は意味がわからないという顔をした。

「じゃあ、どうして……」

「臼杵速人が追い詰められたのも同じ手口だ。黒幕はおそらく藤堂だよ」

「そ、そうだったのか」

阿部は言葉を失った。

「まぁ、おまえは藤堂に便利な道具として使われてたわけだ」

「俺は道具だったのか」

「残念ながらそのようだな」

「臼杵を殺すところをひそかに津田に動画に撮られていたんだ。パクられたくなかったら、あんたを殺せと藤堂に命令された。証拠を握られていたから言うことを聞くしかなかったんだ」

「よかったな、俺を殺し損ねて」

「どういう意味だ？」

「臼杵を殺し、俺を殺したら死刑間違いなしだったからな。俺のが未遂だから、懲役で済むぞ」

「だけど、俺には家族がいるんだ。別れた妻との間の娘はまだ中学生だ。俺がパクられたら養育費が送れなくなる」

阿部はすっかり嘆き節になっていた。

「前の女房に頑張ってもらうしかないな……」

娘がかわいそうだが、阿部は刑務所に行くしかない生き方を選んできたのだ。

「さて、ここには留置場がないんでな。磯子《いそご》警察署のブタ箱に入ってもらうぞ」

訊《き》くべきことはすべて訊いたと、上杉は思っていた。

「勝手にしろ」

ふてくされたように阿部は答えた。

「そのまえにおまえにひとつやってもらいたいことがある」

上杉はスマホを取り出した。

猛《たけ》る上杉のこころとは裏腹に、根岸分室の夜は静かに更けていった。

【3】　@二〇二〇年一二月一〇日（木）

二日後の昼前、上杉と織田は中央合同庁舎第二号館の一九階の小会議室の前にいた。

堀もかたわらに控えていた。

一九階の小会議室ともなると、警察庁幹部専用なので内装からして豪華そのものである。

小会議室から数人のスーツ姿の男が出てきた。

藤堂が出てきたところで織田が声を掛けた。

「藤堂室長」

藤堂は立ち止まった。

上杉に気づいた藤堂の顔の変化は見ものだった。

はじめ小首を傾げて、上杉の顔をじっと見つめた。

次にハッとしたような顔に変わった。

瞳《ひとみ》が大きく見開かれた。

やがて血の気が失《う》せ、唇が小さく震えだした。

「藤堂室長、お話があります」

織田は静かな声で語りかけた。

藤堂は唇をぎゅっと結んだ。

懸命に自分の感情を抑えつけているようだった。

だが、上杉もまた自分の感情を抑えるのに必死だった。

感情を解放したら、この警察庁のフロアのなかで、藤堂を殴りつけて引き倒し、靴で頭をすりつぶしてしまうだろう。

だが、いまの上杉は、警察官としてこの場所にいるのだった。

「織田理事官、上杉室長だったね。なにか用かな……」

感情を抑えつけることに成功した藤堂は、平板な声をなんとか出した。

「藤堂高彦、殺人教唆、自殺教唆の疑いであなたを逮捕します」

上杉は逮捕状を藤堂の顔の前でひろげた。

藤堂が声を出す暇《いとま》も与えず、堀が素早く手錠を掛けた。

「な、なにを失敬な」

藤堂は舌をもつれさせた。

「一一時四三分」

堀が低い声で告げた。

「なんの冗談だ」

藤堂は往生際悪く抗《あらが》った。

「裁判官は冗談がお嫌いですよ。殺人犯さん」

上杉は皮肉たっぷりに言った。

「上杉、おまえ死んだんじゃなかったのか……」

藤堂は上杉の顔を穴の開くほど見つめた。

「馬鹿野郎、おまえが俺に送った刺客の阿部はいまごろ磯子署で取調中だ」

「だ、だが、阿部はおまえを殺したとわたしに電話してきたんだ」

身体をガクガクと震わせながら藤堂は言った。

「阿呆《あほう》、あれは俺が阿部に命令したんだ。俺が死んだと思えばおまえも油断するだろうからな」

「なんだって！」

「この豚野郎。五条香里奈を殺した罪は絶対に許すことはできん」

上杉は大声で叫んだ。

「なにを言っているのかわからん」

この期に及んで藤堂はとぼけた。

上杉はふたたび自分の感情を押し殺した。

「おい、藤堂、観念しろ。すべて調べはついてるんだ。阿部という証人もいる。おまえは間違いなく極刑だっ」

上杉は人差し指を突き出して、藤堂を恫喝《どうかつ》した。

藤堂の顔の色は紙のように白くなった。

ふたたび小会議室の扉が開いて、痩《や》せた六〇近い髪の真っ白な男が出てきた。

顔は逆三角形でメガネの奥の目は細い。

どこかカマキリを思わせる容貌《ようぼう》だった。

官僚らしい顔つきで、大変な貫禄《かんろく》があった。

男は上杉たちを見てあっけにとられた表情になった。

「これは何の騒ぎだね」

上品な口調で男は訊いた。

「鍋島総括審議官……」

織田の顔色が変わった。

上杉も驚いた。

堀はぽかんとしている。

警察庁官房総括審議官。階級は警視監でエリート中のエリート。

相手は将来の警視総監、警察庁長官候補である。

織田や、ましてや上杉や堀が口をきけるような相手ではなかった。

「いったいどうしたわけだね、藤堂室長に手錠を掛けているが……」

非難するような口ぶりで、鍋島は訊いた。

「お騒がせして申し訳ありません。藤堂室長には殺人教唆等の嫌疑で横浜地方裁判所から逮捕状が発給されており、ただいま神奈川県警の捜査員が通常逮捕したところです」

織田は丁重に説明した。

「なんということだ。秘書室長が殺人教唆だと……世も末だね」

鍋島はほうっと息を吐くと踵《きびす》を返した。下僚を引き連れてエレベーターホールへ向かって歩き始めた。

「待てぇ、鍋島ぁ」

藤堂は鍋島の背中に向かって大声で叫んだ。

「おい、騒ぐな」

堀が後ろから身体を押さえた。

上杉にもなにがなんだかわからなかった。

鍋島は身体を硬直させたように立ち止まった。

「おまえひとり逃げられると思うなよ」

藤堂は激しい口調で毒づいた。

「すべての指示は、出世したさに柴田議員の言いなりになってたおまえから出てたんだ」

鍋島はその場でへなへなと身体を崩した。

「俺は死刑になるんだ。おまえを道連れにしてやる」

なにを言われても鍋島はひと言も口をきかなかった。

「地獄の底まで一緒だ。覚悟しとけよ」

藤堂の言葉で鍋島は床に伏してしまった。

鍋島は失神したようだった。

「鍋島審議官っ」

「救急車だっ」

「誰か、担架をっ」

こちらに走ってくる者たち、ほかの部屋から飛び出して来た者たち。

その場は騒然となった。

「おい、藤堂、いまの話は本当なんだろうな」

上杉はきつい口調で藤堂を問い詰めた。

「この期に及んで嘘は吐かない。すべての黒幕はあのカマキリ男だ」

藤堂は開き直ったように肩をそびやかした。

「よし、じゃ、後でがっちり供述調書を取らせてもらうぞ」

「ああ、こうなったからには、あの鍋島の野郎の悪事をぜんぶ教えてやるよ」

「とにかく来るんだ」

上杉は藤堂をどやしつけた。

「わたしは鍋島総括審議官の状況を把握してから合流する」

昂揚《こうよう》した声で織田は言葉を継いだ。

「どうやらラスボス登場らしいからな」

織田は片目をつぶった。

「ああ、もう一ラウンド戦う必要がありそうだな」

上杉は織田に向かって微笑んだ。

藤堂を引っ張ってエレベーターホールへと向かった。

廊下の向こうからも何人もの警察官僚が顔色を変えて走ってきた。

警察庁に大きな波風が立っていた。

【4】　@二〇二〇年一二月一九日（土）

函館《はこだて》の丘には冷たい海風が吹いていた。

空には雲が垂れ込めていたが、時おり陽が差す不安定な天候だった。

海から屹立《きつりつ》した函館山と複雑な入江を持つ函館湾、さらに津軽海峡のために、函館は複雑な気象状態に見舞われる日が多い。

この街の天候がくるくると変わることを、夏希はよく知っていた。

そう、函館は夏希のふるさとだった。

そして、香里奈のふるさとであり、永遠に眠る土地でもあった。

——五条香里奈　平成二三年一〇月一八日

五条家代々の墓の前で、夏希、織田、上杉の三人は合掌していた。

「香里奈、俺と織田で力を合わせた。君を不幸に追いやった悪人どもを一網打尽にできた」

上杉の声は静かな墓地にこの上なく淋《さび》しく響いた。

「本当につらかっただろうね。あの事件の真相を知って、君がどんなにつらかったかがよくわかった」

織田の声も深く沈んでいた。

「すべてが許されることではなかった。香里奈が願っていたこともよくわかった」

「そうとも、君がなにと闘い、どうして苦しんだかがはっきりとわかった」

「藤堂と鍋島は法の裁きで、自らの罪を生命を以《もっ》て償うことになるだろう」

「ようやく真実が人々の前で明らかになるんだ」

二人は立て続けに香里奈の墓に言葉を掛けている。

「だから、静かに眠るといい」

「君の無念は僕たちが晴らした」

夏希は二人に従《つ》いて来たことを少しだけ後悔していた。

やはり、この場は二人と香里奈だけで過ごす時間なのではなかったろうか。

親戚《しんせき》の結婚式があるので、夏希が帰省すると言ったら、織田と上杉は香里奈の墓参に行くと言い出した。

結婚式は大安の明後日《あさって》だが、織田と上杉は今夜、夏希のお疲れさん会をこの街で企画してくれている。

エトランゼがジモティーに贈る夕餉《ゆうげ》だそうだ。

二人は明日《あした》の朝いちばんの飛行機で東京に帰ることになっている。

黙って夏希は合掌し続けていた。

函館湾は晴れている日よりも濃い青に染まっている。

「さらば、友よ」

「しばしの別れだ」

二人は深々と一礼した。

織田と上杉が香里奈と対話する時間は終わったらしい。

二人に促されて、夏希は墓地の坂を車道へと登り始めた。

夏希は右を織田、左を上杉に挟まれていた。

いきなり上杉が立ち止まった。

織田もつられるように足運びを止めた。

二人はまん中に立つ夏希に向き直った。

「俺はいま、過去の一〇年に決別した」

上杉は宣言するように言った。

「僕も同じだ。今日から新しい時間を歩み始めると香里奈に告げた」

二人はじっと夏希の顔を見た。

「俺は」

「僕は」

「今日から新しい道を求める」

「今日から別の道を歩き始める」

「だから真田」

「なので真田さん」

「あらためてよろしく」

「もう一度よろしくね」

一瞬の沈黙が漂った。

崖下《がけした》からカモメが鳴き騒ぐ声が聞こえた。

「いまのなんです？　小学校の卒業式の呼びかけですか？　それともアングラ芝居？」

夏希はあきれた。

「いや、俺が話そうとすると、織田が邪魔するんだ」

「反対だよ。僕が話そうとすると、上杉が邪魔するんだ」

二人は顔を見合わせてにらみ合った。

「はい、ストップ！」

夏希が声を張り上げると、二人は静かになった。

「風が強くなったから、この先の《ティーショップ夕日《ゆうひ》》でお茶でも飲んで温まりましょよ」

夏希の提案に二人はそろってうなずいた。

ふと振り返ると、雲の切れ間から何本もの光の柱が函館湾に注いでいる。

「あっ、天使の梯子《はしご》だ」

夏希は叫んだ。

函館湾にこの現象が現れる日は少なくない。

だが、今日はとくに見事だった。

入江の対岸、茂辺地《もへじ》あたりの山々の上に、グレーの低い雲が垂れ込めている。

ところどころに開いた雲の裂け目から、鮮やかな黄金色の光の柱が濃青色に沈んだ水面に向かって斜めに何本も下りている。

紗布にも似たさざ波がきらめく水面には、まばゆい光の輪がいくつも描き出されていた。

天使の梯子は、自然の神が創り出したあまりにも荘厳な造形だった。

「おおっ、まるで海面にスポットライトが当たっているようだ」

「本当だ。丸い光の輪がいくつも生まれている」

函館湾で初めて見る二人はいたく感動したようだった。

「香里奈を迎えに来た光の柱なのか」

「彼女の魂が天国に昇っていくのか」

上杉も織田もいまだに香里奈から意識が離れることはないようだ。

夏希は香里奈に少しだけ嫉妬《しっと》した。

「先に行くよ」

踵《きびす》を返して夏希はスタスタと歩き始めた。

「おい、待ってくれ」

「写真をとろうと思ったのに」

あわてて追いかけてくる二人はなんだかとても幼く見えた。

夏希のこころの奥底で生まれた小さなさざ波はどこか心地よいものだった。

それはずっとむかしに、この街でセーラー服姿で暮らしていた頃に味わった、くすぐったくせつない思いによく似ていた。

吹き抜けてゆくなつかしい潮風が、夏希の身体《からだ》にあの頃を思い出させたのかもしれない。

車道に戻っても天使の梯子はいつまでも力強く輝いていた。

本作品は、書き下ろしです。
本書はフィクションであり、登場する人物・組織などすべて架空のものです。

脳《のう》科《か》学《がく》捜《そう》査《さ》官《かん》　真《さな》田《だ》夏《なつ》希《き》

エピソード・ブラック

鳴《なる》神《かみ》響《きょう》一《いち》

令和3年 8月25日　初版発行

発行者●堀内大示

発行●株式会社KADOKAWA
〒102-8177　東京都千代田区富士見2-13-3
電話　0570-002-301（ナビダイヤル）

角川文庫 22782

印刷所●株式会社暁印刷
製本所●本間製本株式会社

表紙画●和田三造

ISBN 978-4-04-111644-9　C0193

◇◇◇

角川文庫発刊に際して

角川源義

第二次世界大戦の敗北は、軍事力の敗北であった以上に、私たちの若い文化力の敗退であった。私たちの文化が戦争に対して如何に無力であり、単なるあだ花に過ぎなかったかを、私たちは身を以て体験し痛感した。西洋近代文化の摂取にとって、明治以後八十年の歳月は決して短かすぎたとは言えない。にもかかわらず、近代文化の伝統を確立し、自由な批判と柔軟な良識に富む文化層として自らを形成することに私たちは失敗して来た。そしてこれは、各層への文化の普及滲透を任務とする出版人の責任でもあった。

一九四五年以来、私たちは再び振出しに戻り、第一歩から踏み出すことを余儀なくされた。これは大きな不幸ではあるが、反面、これまでの混沌・未熟・歪曲の中にあった我が国の文化に秩序と確たる基礎を齎らすためには絶好の機会でもある。角川書店は、このような祖国の文化的危機にあたり、微力をも顧みず再建の礎石たるべき抱負と決意とをもって出発したが、ここに創立以来の念願を果すべく角川文庫を発刊する。これまで刊行されたあらゆる全集叢書文庫類の長所と短所とを検討し、古今東西の不朽の典籍を、良心的編集のもとに、廉価に、そして書架にふさわしい美本として、多くのひとびとに提供しようとする。しかし私たちは徒らに百科全書的な知識のジレッタントを作ることを目的とせず、あくまで祖国の文化に秩序と再建への道を示し、この文庫を角川書店の栄ある事業として、今後永久に継続発展せしめ、学芸と教養との殿堂として大成せんことを期したい。多くの読書子の愛情ある忠言と支持とによって、この希望と抱負とを完遂せしめられんことを願う。

一九四九年五月三日